天鸽

杜斌 著

作家出版社
全国百佳出版社

序　“这一个”杜斌

——关于杜斌及其创作的一些梳理

在文学界，杜斌是一个很独特的现象。这种独特，至少有这样几个方面。

首先是他的创作经历非常独特。杜斌开始创作是上世纪七十年代初，至今已近半个世纪。从他出道的时间来看，大致与后来崛起的“晋军”一代差不多。那时，杜斌也就是不到二十岁的样子，青春年少，风华正茂。他热爱文学，并选择了文学，也表现出比较好的势头。即使是今天，了解他的人对他那一时期的创作也多有好评。很多人以为一个被人看好的作家将要出现。但是，杜斌就是与一般的人不一样，在人们看好的时候，他突然离开了文学，转战商场，那时大约是上世纪八十年代的初期。这之后，他具体做了些什么，经历了什么，并不是三言两语能说清的。事实上就我个人而言也所知不详。但大致来说，总是有些风生水起的样子，也经历了跌宕起伏。许多人，可能会一边做些其他的事情，一边还坚持着创作。而杜斌则表现出一种对文学的疏离。很少或者说几乎看不到他还写什么。不过，这也不能说他完全离开了文学。文学之火或隐或显地在他的内心燃烧。从商的经历也为他之后的创作积累了丰富的生活素材、深厚的情感体验，以及对人生、社会的思考。很难说他是什么时候又拿起了笔。大约在距今十年的时候，人们又看到了杜斌的小说。这些小说带着生活的鲜活与粗粝，风尘仆仆又大大咧咧地进入我们的视野，为我们提供了许多不一样的东西。毫无疑问，杜斌再次引起更广范围的关注。这时的杜斌已近耳顺之年。很多人以为他是一位新手，事实上他却是一位故旧。在这样的年龄段，有的人早已才思枯竭，而杜斌却依然风风火火。他有些莽莽撞撞，似乎又胸有成竹地回到了陌生而又熟悉的文坛，且一发而不可收。他陆续发表了一系列中长短篇小说，还有作品集与长篇小说出版。一些作品获得了这样那样的奖项，并被权威选刊选载，表现出极其旺盛的创作活力。粗略地梳理，杜斌这些年先后获得过的奖项有赵树理文学奖、《长篇小说选刊》第三届长篇小说年度金榜（2018年）特别推荐荣誉、2019年度《小说选刊》奖等重要奖项。

尽管我们并不能仅仅以获奖来判定一个人的创作成就，但获奖无疑是一种关注、肯定。这至少说明，今天的文学仍然具有开放包容的精神，能够容纳不同风格、题材与类型的作品；回归文学的作家杜斌，仍然具有充沛的创作活力。事实上，杜斌并没有因为获奖而放慢了自己的脚步。他深知文学是一个毫无止境的领域，执着地坚持着自己的探索，不断地发表作品。2020年，他出版了一部中短篇小说集《天眼》，现在又将有两部中篇小说集《风烈》与《天鸽》面世。据说还有其他的书将要出版。这也可以看出杜斌在文学的道路上不依不舍的状态。而我们要讨论的是他在文学表达上与众不同的“这一个”。

这种不同主要表现在他与目前流行的创作理念之间有着非常明显的差异。首先是其结构方式，仍然坚守着以故事为中心的叙述形态。也许人们会感到这是一种比较传统的方式。但传统的未必就是落后的，甚或可能就是现代的。关键是它出现在什么样的背景中，将交给读者什么样的阅读体验。如果这样的小说仍然能够吸引读者，给读者带来审美愉悦，其价值就不能否定。如果读者在其中感受到的是陈词滥调、过往云烟，那就应该调整改变。在杜斌的小说中，我们非常讶异地感受到了今天已经极为稀少的由情节发展带来的新鲜感。它总是能够调动起读者读下去、了解事件结果是什么的强烈愿望。这种阅读效果在普遍漠视情节的背景中尤为难得。起码可以证明叙述作为小说的一种基本特征仍然葆有活力。在杜斌的小说中，我们基本上难以预测事件的发展趋向。他交给我们的多是一些不可预料的“意外”。这些“意外”既在情理之中，又在预料之外；既符合情节发展的逻辑，又没有陷入惯常的套路。这也可以看出，杜斌的想象力的确是非同一般。

其次是其描写方式，仍然表现出“客观呈现”的形态。传统小说的描写总体来看比较简略，也不注重对客观景物、内心世界及人的感受的表达。而现代小说却不同，在描写方面得到了极大的强化，且非常注重对人的内在世界的表现。其描写更多的是一种“主观呈现”。应该说，杜斌的小说还是比较注重描写的。但这只是他丰富叙述功能的手段。如他对外在景观的描写，对某种知识性事物的描写等。尤为突出的是他非常善于对人物的行为进行描写。这种描写不仅具有情节性意义，也具有营造意境的功能。如《清明吟》中对主人公返回故乡之后所见村庄现状的描写，折射出农村发生的变化。在《天鸽》中，杜斌描写了三个各怀目的、各使手段的竞标者遭遇“天鸽”台风时救人与自救的情景，可以说既具体生动，又想象奇特，是非常少见的行为性描写。这种描写带有强烈的象征意味，并不仅仅满足完成情节的叙述。但总体来看，杜斌的描写仍然是一种客观呈现。他主要不是描写人物主观感受到的事物，而是描写人物外在行为引发的效能；是作家对客观存在的描写，而不是对人物主观存在的描写。

最后其人物塑造方式，仍然强调外在行为的刻画。就是说，服从于叙述的需要，作家注重的是描写人物的行动。这与现代小说对人物的描写有明显的区别。现代小说并不是不注重对人物的塑造，而是不注重人物外在的、社会行为的刻画。在很多情况下，我们可能并不知道这一人物是谁，他有什么特点、身份、经历等。我们常常感到人物形象是模糊的。但是，人物内心世界的丰富性在现代小说中受到了前所未有的重视。或者我们也可以不太准确地说，现代小说对人物的塑造主要关注的是人物的内在世界。显然，杜斌的小说与此不同。他的人物是清晰的，人物的身份、经历、年龄、社会关系，以及其性格特点等均要体现出来。这些人物是具体的社会环境中的人物。他们的社会行为是作家关注的焦点。这些行为不仅对塑造人物有意义，对情节的发展同样意义重大。他们的行为不仅透露出人物的价值选择，也将影响或者说决定情节的发展。

正因为这诸种不同，使杜斌显得独具一格。如果简单地说他属于“过去状态”，似乎还不能成立。在他的小说中显然十分突出地显现出某种“现代性”。主要是对现代化进程中人性意义的深切关注。这是一个人们不得不面对的现实课题，带有历史发展的必然性。实际上，杜斌远离文学的那些时光所经历的生活为他的创作奠定了丰厚的基础。他在商海中摸爬滚打，经历颇丰，感受甚深。这不仅为他的创作提供了素材、情节与人物，也使他对现实生活有了更多更具体与更深入的思考。上世纪八十年代以来，中国的改革逐步深化。社会结构、思想观念、行为方式，乃至于伦理关系与道德准则都在发生着重大变化。现代化，正如一列轰轰隆隆地前行的列车，无可阻挡、风驰电掣。身处这样的历史时刻，作为一个“亲临者”而不是“观察者”，杜斌收获了一般写作者不容易接触的东西。这些东西经过作家的体验思考、咀嚼提炼，终于转化为创作的种子，将要在这丰厚的土地上开花结果。

在中国社会大变革的时刻，作家拥有了不一般的生命体验。杜斌的小说表现了中国现代化进程中由社会转型与变革给人带来的阵痛、探求，以及希望。他极为具体生动地描写了那些被资本与金钱扭曲了的人的行为，以及他们内心仍然存在的良知。他似乎想通过这些鲜活的人物之所作所为提出自己关于生命意义的某种理想形态。他对那些几乎可以说是疯狂的拜金现象予以否定，并召唤人们回归正常的社会伦理与生活方式。他毫不怜惜地撕开展示了金钱的丑态，以及与之相应的人性的扭曲，又充满希望地告诉人们，如何寻找真实的拥有未来的生活。在《碑上刻什么就等你来定》中，他仍然描写了在剧烈的社会变革中一段充满纯情与诗意的情感；在《清明吟》中，他对那些在社会转型中遗失了生存之根的人们充满了同情，并期望通过对这样的人生经历的表现来唤醒失去家园的人们，使他们能够在迷茫中找到新的归属；在《风烈》中，他描写了被利益扭曲的灵魂疯狂之后的消亡，希望能够对人们的价值选择有所警示，等等。总之，他的小说带着生活的粗粝与质感，锋芒毕露，熠熠闪光，极尽其致。他对现实生活的介入显现出非常突出与鲜明的个人风格。也许，更多的作品正在等待着我们。文学，对斑斓多姿的生活仍然葆有充分的表达能力。从这点来看，杜斌确实具有了“这一个”的某种极为鲜明的特殊性。

杜学文

2021年1月24日20：59于晋阳

2021年2月4日23：49改定

目 录

现实主义文学传统的新时代开掘

习近平总书记在中国文联十一大、中国作协十大开幕式上发表重要讲话，希望广大文艺工作者心系民族复兴伟业、热忱描绘新时代新征程的恢宏气象；坚守人民立场，书写生生不息的人民史诗；坚持守正创新，用跟上时代的精品力作开拓文艺新境界；用情用力讲好中国故事，向世界展现可信、可爱、可敬的中国形象；坚持弘扬正道，在追求德艺双馨中成就人生价值。有一位作家，多年前就模范践行了这五条希望，他就是山西作家赵树理。作为《在延安文艺座谈会上的讲话》发表后在解放区成名的作家，赵树理叙写了解放区在中国共产党领导下实现婚姻自由等的新生活、新现象；始终与人民群众融为一体，写身边的小人物；将快板等形式引入小说，使传统民间艺术与五四新文学传统相整合，开创了以“讲故事”为特色的“山药蛋派”；有了较多稿费收入后，即不再领工资等感人事迹，彰显了作家的崇高品格，风范永垂。

以赵树理为榜样的山西作家，数十年来，有过20世纪90年代“晋军崛起”的繁荣，也曾时有沉寂，但坚持现实主义文学传统和创作立场，向生活要素材，反映现实的、生动鲜活的人、事、情、物，一直未有改变。这种坚持不仅在专业作家群中表现明显，杜斌这样以消防培训为第一职业的业余写作者，同样着力在新时代开掘发展现实主义文学传统。

生活就是人民，人民就是生活。正如赵树理写他最熟悉的晋东南农村一样，杜斌把创作的着力点放在自己亲身经历和正在从事的行业，主要是太阳能工程和消防培训等。在这些领域，他付出了巨大的心血，有成功，也有失败，有成绩，也有教训，每一天、每一幕，都和自己的职业甚至命运相连接。“在心为志，发言为诗”，感受最深，表现为切，将“血写的事实”化而为“墨写的文字”，自然更具力量与震撼。

曾获“茅台杯”《小说选刊》奖的中篇小说《风烈》，完全取材于作者实际从事的消防培训工作，无相关实际经历经验，很难写得如此原生态的真实。可能作品的某些细节“打磨”得不够精致，似乎有“谴责小说”的痕迹，但腐败本身就应该受到谴责，何况其中细节的准确具体。鉴定站站长把受贿所得藏入书房标着“史记”的假书中，以青史藏污纳垢，反讽意味可谓强矣。讽刺，是山药蛋派常用的手法，《小二黑结婚》《三里湾》中的讽刺都很精彩，“戚而能谐，婉而多讽”，但那是对人民内部，之于无节操、无底线的腐败分子，“温良恭俭让”显然不合适。表面平静的生活或正常的工作，内里却危机四伏、波涛汹涌。杜斌正如一名冷静的解剖手，条分缕析地将内在肌理纤毫毕见地展示给世人，并不避讳污秽和血。

同样取材于消防培训的，还有《雨啸》。《风烈》着墨于培训学校与鉴定站等外部关系的冲突，标题对仗的《雨啸》则聚焦学校内部斗争。《风烈》刮破消防国考内幕，《雨啸》则冲开虚假招生的灰尘。两篇小说的主人公都是消防培训学校校长刘国瑾。他始终处于焦虑、被动、烦恼、不知所措的状态，无论对于强大的外部压力——鉴定站站长陈登第，还是内部硕鼠——副校长苟永清。然而，正义终将战胜邪恶，新时代以习近平同志为核心的党中央对腐败的零容忍，使各种形态的腐败无所遁形。具有人性的弱点，却未被假恶丑所同化的刘国瑾，守住了人性和法律的底线，也维护了教育的尊严。

习近平总书记指出，文学要记录新时代、书写新时代、讴歌新时代。

新时代文学，是坚定文化自信，光大中国气派、中国风范的文学。山药蛋派“土得掉渣”，却是中国传统民族、民俗、民间文化与中国现当代文学的水乳交融，是优秀传统文化创造性转化、创新性发展的典范之一。杜斌山西生、山西长，虽曾在珠海创业十多年，骨子里的“老西儿”底色却从未改变。他继承了这片土地上生长的豫让、关羽、关汉卿的侠义精神，并通过小说表达出来。中篇小说《碑上刻什么就等你来定》，题目不同凡响，主题亦别具一格，将墨家之“兼爱”“非攻”思想置于当代人的身上，通过爱与死的永恒母题表达出来。青山、九九、少志三位同学，两对爱情关系。爱情是排他的，似乎已成为放之四海而皆准、颠扑不破的普遍真理，但其前提是西方自由主义。三位或许是不自觉地秉持中国古代墨家思想的人，却让这真理遇到了例外。青山和少志都真爱九九，同时两个男人又真心为“情敌”着想。为了青山和九九，少志主动离开蛇城远赴珠海；青山自知绝症不治，用“变心”自污的办法，促使九九南下找少志，过上富足幸福的生活。十多年后真相大白时，青山的墓碑上刻什么字，等九九来定。经历生死爱情，可谓刻骨铭心，但没有相互怨恨，没有期期艾艾，更不曾相互伤害，而是舍生取义。古人之侠肝义胆，在当代重生，放射出不灭的光辉。

杜斌在珠海从事了十余年太阳能工程，使这一众人不熟悉的领域得到了文学的表现，对于文学题材领域的开拓，具有一定价值。而且一千多公里外的热带城市珠海，是“山药蛋们”从未涉足的地方，杜斌把山药蛋和榕树、台风对接起来，于是有了《天鸽》。三位民营老板为争夺太阳能紫光工程各显其能，送礼、黑客、监视无所不用，不输谍战大剧。在空前猛烈的台风“天鸽”肆虐时，三人都冒险上路，各寻门路，结果风中遇险。大难临头，生命危在旦夕，放下商场争战的心机和嫌隙，拼死救助，经九死而存其生，并相约出院后重新开始紫光工程竞标。“劳动竞赛”是“十七年”小说中常常出现的场景，充满生活气息和友谊互助的元素。杜斌写的是市场经济前沿经济特区珠海的商场竞争，但其内在，却还是“义”字当先的劳动竞赛质地，带着《三里湾》《我们村里的年轻人》传下来的气息。

语言是文学最基本的载体。赵树理等作家对于民间语言的运用，在鲜活生动的语言上的创造，一直为读者和文学史家所称道。杜斌的小说风格虽少“戚”和“婉”，语言却绝不“过甚其辞”“笔无藏锋”，而不乏幽默，常见颇有创意和表现力的句子。“脑子一片空白还好受，一猜测，一乱想，就轰的一声长满蒺藜”（《风烈》），“他感激生活给了他主导权利。他紧紧抓住孙子的教育权不放，即使在骨头疼得像打台风”（《赶浪，赶浪》），“爸妈跑到梦里来要钱，张宝贵才又想起自己的乡巴佬身份”（《清明吟》），“王朝阳第一次听人赞美猪聪明，就有了点好奇”（《白额黄金猪》），“他的公司，快五个月没工程做了，每天都在等米下锅。在公司等米，就是等死”（《报春图》）……在山药蛋派的前辈们“农民式的诙谐”基础上，杜斌进行了转化、创新、发展，将之引入官员、商人、培训学校校长、打工者等非农民群体，使艰难甚至危险的生活和工作，具有了喜剧或者自嘲的味道，渗透出乐观乃至达观的态度。

“蛇城”和珠海，是杜斌的两张“邮票”。珠海尽人皆知，蛇城何谓？其实就是山西省会太原。太原古称龙城，历史上真正地“阔”过。近十年来也在后发赶超，转型创新，经济活动一直很活跃。虽然也有不尽如人意的现象，如杜斌小说中所针砭的，但山西人民和全国人民“对美好生活的不懈追求、为改变命运的不屈奋斗是一致的”，相信在新发展理念指引下，龙城将再次飞龙在天。

习近平总书记明确指出，“新时代新征程是当代中国文艺的历史方位”。中国作协十代会工作报告，从八个方面系统阐述了新时代文学的本质特征和风格表现。新时代文学的高原高峰，需要宏大的作家队伍共同创造，需要以现实主义笔法描绘人民拼搏奋斗创造美好生活的生动图景，需要从生活本身成长起来的写作者把深厚的体验和积淀化作富有表现力的文字，需要我们对有潜力的写作者热忱的发现和扶持。杜斌的家乡运城永济市，古称河东。河东自古人文鼎盛，王勃、王维、柳宗元、白居易在“一切好诗都已被做完”的唐代，也属于最璀璨的恒星。杜斌当然与此相距何止千万，然其于新时代文学创作之心之力，殊可感佩，唯愿杜兄新作迭现，“龙光射牛斗之墟，徐孺下陈蕃之榻”。

吴义勤

天　鸽

一

从没见过如此大的台风。像无数台大得无边无沿的推土机，由海上平直推过来，卷着云，裹着风，携着浪，轰隆轰隆，轰隆轰隆，地动山摇，摧枯拉朽，威武雄壮的高楼大厦在它面前就像小积木玩具。

陈中站在三十三楼自家客厅里，看着外面疯狂的世界，面如土色，嘴唇发青，眼珠子凸了出来。受台风影响，投标没如期举行，紫光项目没如期落进他的口袋内。他必须继续发挥全身每一个细胞的能量，继续谋划，继续打拼。他的第六感觉告诉他，把王炳南单独留在21世纪大厦非常危险。王炳南是他打败王群的撒手锏，他不能失去王炳南。

榕树连根拔起，椰树拦腰折断，广告牌群魔乱舞，马路成了河道，路灯东倒西歪，信号灯红绿黄乱作一团，停泊的汽车像树叶翻飞……

他心跳加速，拉开文件包，摸摸车钥匙在里面，拎着包，就要冲出门。

他两步就抢到电梯间，猛按下行按钮，指示灯不亮，按第五下时，才想起透过窗户看到的那些已经横七竖八倒下的高压电塔。

他转身沿楼梯冲向地下车库。跑到一层，喘不上气的陈中傻了眼，他来了个急刹车，手扶着墙壁，全身一僵，嘴大大地张着，没有任何声音。

地下车库一片汪洋。浑浊的雨水还在上涨。声声浪花激荡着在眼中隆隆升起。

陈中发觉拖鞋不知啥时候跑丢了。脚不知在什么地方磕破了，两朵血莲从脚指头上长出来，开在湿漉漉的水泥台阶上。

二

两天前，看到台风预报时，王群和老婆孟依在家里观赏昙花。他本来和紫光的项目经理一起吃晚饭。孟依来电，说家里的昙花花苞已经泛白，今夜就要开放，还说她已经把昙花从阳台移到了客厅，又说昙花一现，百年一见，还说昙花养眼、养心又养神，你绝对不能再误了，必须回来一起观赏。

昙花洁白柔腻的花苞开始舒展，薄薄的，晶莹亮丽，色白如雪，蕊细如丝，香淡如兰。孟依偎在王群的怀里，动情的泪水珍珠样从眼眶里滚出一串串，滑落到嘴边时，她伸出灵巧的舌头，接了两滴，突然惊叫：我的眼泪是甜的。

王群骂她神经病。

孟依抬头送过来：你也尝尝。

王群身子后仰躲避。孟依双手扳住他的头，吊了上去。

他只好应付地象征性地在老婆的脸上舔了舔，还故作吃惊：我的妈呀，真是甜的！

孟依也说不可思议，还说被感动得一塌糊涂。

就在这时，手机响了一声，是中国移动的推送信息，说台风天鸽在南海继续北上，预计后天在广东登陆。

孟依双手端正老公的脸，提议：趁刮台风，咱们去法国嗨一圈去，顺带看看儿子。

王群抚摸着她的头，说：你知道我很想陪你一起去。但，我的紫光项目出了问题，现在是马踩车。这样吧，这次，就先委屈委屈你，下次我一定陪你逛半年十个月的。对了，见到臭小子代我骂几句。这小子，留学三年，不要钱就想不起他老子。

孟依嘟囔道：没劲。

王群笑着说：我最大的嗜好就是赚钱。当然主要是为咱们后半辈子考虑。物价通胀是永恒定律，奢侈没有上限。我不能让你没有了挥霍的资本。每每想到这一点，我浑身就充满了力量。

孟依的眼里又涌出感动的泪水，珠玉莹然，玲珑剔透，每一滴里都映照出一朵昙花。

昨天，台风启程前两个小时，王群便自己到地库开出车，兜了大半个珠海，来到竹韵轩工作室。著名画家黄华欢擅长墨竹，绘画时不喜欢有人在旁边观看。

王群心情靓爆，不时扭头看窗外。对台风天鸽的到来，他感激涕零。暴虐怒号的风，银河倒泻的雨，所向披靡势不可当的画面，在他的耳中，在他的眼里，就是贝多芬的《第九交响曲》。如果不是天鸽的到来，现在的他肯定在为紫光建筑工程没有中标而心中郁结，欲哭无泪，欲诉无语。三年来，他心怀宗教般的虔诚，殚精竭虑，全力以赴，最后却因领导亲自给紫光老板秦总打电话，而功亏一篑。阿弥陀佛，就在他愁红怨绿，穷途末路时，天气预报天鸽台风在西太平洋启程，更让人拍案叫绝的是，台风天鸽正好就在开标这一天登陆。台风的到来，活生生把投标的安排打残废，给了他一个难得的喘息机会。他又能以无比炽烈的热情全身心地投入到伟大的商业战斗中，去继续追求财富。

临近中午时，黄华欢的墨竹画好，邀请他们进去欣赏。

婆娑有致的竹子，节坚心虚，清秀素洁，亭亭玉立有君子之风。出竿，伸枝，布叶，笔笔有法却不拘于法；以圆劲之笔画竿，以秀挺之笔画枝，竹叶运用笔触之宽窄直曲，发挥他书法的特长，以书法入笔，随手自然撇出，以体现叶之正侧向背，顾盼俯仰。运笔简洁，造型生动，清爽神韵扑面而来。

王群看醉了，大声赞叹。他掏出早早准备好的大红包，要表达一下心意。

黄华欢连忙摆手，笑着说：我爱画竹，是因为我喜欢竹，以竹寄情，以竹抒怀，以竹言志。今天难得乘兴画竹，我视之为一大快事。

王群一个熊抱抱住黄华欢，不停地拍着背。

三

张得一完全沉浸在他的新研究里，窗外的台风不在他的眼里。

他对计算机编程走火入魔。他一直觉得编程是一件很开心的事，一接触全身就涌起一股莫名的骚动。为了实现梦想，他来到珠海。有一段时间，他常常溜达到金山大楼前，仰望大楼，做成为雷军的白日梦。他可以不吃饭，但不能没有电脑。

他需要挣钱，挣大钱。他把挣的钱，全都投入到电脑新产品的购买上。买回来第一件事就是夜以继日地研究。现在的他，已经是超级大师的水平，根本不需要调试器，只要扫一眼代码，错误之处就像孙悟空眼前的妖魔鬼怪一样原形毕露。他根本不需要什么编程规范，他的代码就是编程规范。

张得一计算过，拿下紫光建筑工程，他成就一番大业的资本就不成问题了。中午，他泡了三桶方便面。吃完饭，抚摸着肚子，打着饱嗝，觉得大脑供氧不足，有点累。他站起来，溜达十多圈，又席地而坐。他的休息方式与众不同。他用他的黑客工具，轻松突破粤祥公司的防火墙，他没在公司的页面上多停留，直接进入老板王群的电脑。他熟悉王老板的电脑就像熟悉自己的十个手指一样。他浏览完王老板电脑中的一切，没有什么新的发现。他又潜入华富公司。陈中曾吹牛他们华富公司的防火墙是铜墙铁壁。但在他张得一面前，就是个木头栅栏。在陈中的电脑里，他看到一段陈中用QQ和财务部经理的交谈，其中有一笔五百万的现金让他产生了好奇。因为五百万现金的出现时间是在领导为华富公司游说的前三天，完全可以把五百万和领导联系起来。他一拍大腿，全身亢奋，每一个细胞都像融进了欢乐的沙滩音乐派对。如果此关联是事实，他就可以拿着证据，要挟领导，让他自己的螳螂公司中标。

突然，网络没了信号。

他急忙翻身起来检查设备，没有发现问题。他看手机，也没有信号。他明白了，附近移动的信号塔在台风中被破坏了。他后悔当初公司换装光纤时，没有把家里的也顺便换了。现在后悔没有用。

他要去公司。他连窗外面的台风看也不看，拄着膝盖，爬起身，穿好衣服，拎上挎包，换了鞋，拉开门。面对摧城拔寨风卷残云的台风，他就像在玩电脑游戏一样轻松面对。场面越残酷，越刺激，他越亢奋。

他这个螳螂公司总经理，绝对是个另类，不光擅长计算机编程，还有西装革履的深沉，还能跳到桌子上讲话，也敢在客户面前挖鼻屎。

四

尹少华大学美术系毕业。他酷爱艺术，想走艺术这条路，无奈，出身寒门，支付不了学艺术的成本，只好把艺术作为梦想。他被梦想的光辉照耀着，在商界打拼，没有迎来光明的未来，反而被渐渐抛弃。就在他走投无路时，遇到了老板王群，王群给他安排了个仓库保管员的职务，保管活不多，轻松，每天有大把时间从事他的艺术美梦。他对老板很感激。三个月前，老板对他说，我有件事需要你帮忙。他没有考虑就答应了。

昨天上午，公司召开贯彻上级防台风会议。会后，老板悄悄对他说，监视工作明天暂停，台风过了再说。他按照公司的安排，回到仓库。他把仓库一个角落都不落地仔细地排查了一遍。夜幕降临，其他人下班回家，仓库像往日一样，就剩下他和“女友”，一只叫凯茜的吉娃娃名犬。凯茜是他大学时暗恋的女神的名字。他炒了几个菜，和凯茜一起喝了点酒。台风到来时，他抱着凯茜早就进入了梦乡。

早上起床，和凯茜一起吃饭。凯茜吃完了它的，还吃了他的一半。他用筷子敲敲它苹果一样的头：小心吃成猪！

它笑了。它知道它是狗，再肥也成不了猪。

洗刷完餐具，他坐到这间面向大海的房间窗前画速写。

多年来，他已养成习惯，只要手头没有需要处理的工作，就会拿起笔描绘眼前所见。作为一名美术系毕业的大学生，画速写是他的爱好。老板王群很喜欢他这一点，常说我看好你！他从老板温柔的黄眼睛里感受到父亲般的仁爱和关怀。

爱窝在他怀里看他画速写的凯茜，今天面对咆哮的台风，明亮的红色眼珠子东张西望，还不时跳下去，竖着大而薄的耳朵，高举镰刀状的尾巴，在仓库里来回跑着叫着。不知是兴奋，还是恐惧。

风裹着雨水，不住地轰向木头大门和玻璃窗。看不清大海，却能听到它的咆哮。高大的树木低头弯腰，不时有咔嚓咔嚓断裂的恐怖声响。门前的空地上已积起一片雨水。水随风起舞。

忽然，凯茜跳上窗台，使劲地拍打窗玻璃，大声汪汪。

尹少华放好速写纸和笔，走了过去。顺着凯茜的视线望去，透过雨幕的缝隙，看见凯茜的衣服被从恋人衣架上刮下来，挂在仓库前一辆载货大卡车的后视镜上猎猎飞舞。

他摸摸凯茜的圆脑袋，安慰道：别着急，我去给你拿回来。

风太大了，又是正面袭击，他使出了全身的力气，也没把木头大门打开。他又跑到凯茜爬的窗台前，费了九牛二虎之力，才推开个小缝隙。他苦苦地思索着，没找到解决问题的办法。这时，又一股风裹着雨打着旋兜过来，把衣服从汽车后视镜上卷走，飞向天空，飞向山顶。

凯茜急了眼，前爪拍打着窗玻璃。哗啦，窗玻璃碎了，不知是风吹的，还是凯茜打的。风和着雨水从破玻璃处扑进来，把凯茜从窗台上打到地上。凯茜翻了个滚，又跳上窗台。尹少华一把没抓住，它就从烂玻璃处钻出窗外。一落地，立刻变成了一片树叶。

尹少华怕凯茜出意外，不管不顾地拼命拉开大门追出去。一到室外，人就像一张速写纸轻飘飘地被风吹着跑。他顺势抓住一棵树，稳住自己。他看见凯茜正被风裹挟着，向山上滚去。

山上的雨水已汇成一条小溪，沿着消防通道，哗哗直下。

尹少华向凯茜追去。一股风，一个趔趄，尹少华四脚朝天打了个滚，向下滑了七八米，撞在一块大石头上，呛了几口雨水。

他爬起来，喘着气，顾不得身上的疼痛，一手抠住石头，免得被吹出去，一手在眼前搭个棚，挡住雨，寻找着凯茜。

狂风呼啸，大雨滂沱，电闪雷鸣，地动山摇。

歪歪斜斜的雨帘，横七竖八的树影，把眼前的画面切割成碎片，他努力地在碎片中寻找着。三分钟后，尹少华终于在从山顶飞流直下的洪水中看见了凯茜。凯茜像一片小叶榕树叶，漂在水面，忽上忽下。尹少华发现洪水正好要从右面两三米处经过。他离开石头，一个箭步冲到洪水路过的一棵相思树前。由于用力过大，他的胸部重重地撞在树上，摧心剖肝地疼。他紧紧抱住相思树，稳定自己，拼命地睁大被雨水打得生疼的眼睛，盯住忽隐忽现的凯茜。眼看着凯茜就要过来，他急忙弓下腰，一只手伸向水面，做好打捞的准备。水道拐了个弯，凯茜看不见了，再一眨眼，凯茜的苹果脑袋又浮出水面。五米，四米，三米，两米，一米，看准目标，他一把抓过去，凯茜在水里上下一颠簸，没抓住。他张开双臂，奋不顾身地扑进水里，想把凯茜抱住。他没抱住凯茜。

凯茜在他眼皮了底下消失。

他也被洪水卷走。

五

王炳南蜷缩着潜伏在小叶榕树里。这棵榕树至少有五六百年的树龄。树冠三百平方米，高二十米，八十一条气根虎背熊腰地站在一起，组成一个庞大的树丛。树根拱出地面半米高，盘根错节，像龙爪一般抓住大地。

王炳南躲在榕树里，露出个头，举着望远镜，盯着对面的房间。

右边的茶室里，他工作的对象王群和另两个年龄相仿的人在喝茶聊天。王炳南对其他人不感兴趣，他的镜头只对准王群的大嘴，认真地阅读，捕捉着他需要的重要信息。

昨天下午，王炳南在老板陈中给他租的房间里，看见对面楼里的王群放下手中的书，拿起手机打电话，立马兴奋起来。他紧紧盯住王群的嘴，仔细地阅读着。王群不知道对面楼里有人在监视着他，一边说着话，一边站起来，还走到窗前，给了王炳南一个正面。王炳南最想要的就是这个正面。他可以毫不费力地看清王群的嘴，轻松地读取唇语。从王群的口型上他读出他现在求一个叫黄华欢的画家给他画一幅画。一开头，王炳南对王群求画的事没兴趣，但他从王群的口型上读出求黄华欢的墨竹画是要送一个大领导的，马上意识事情的重要性。他的肺部立即抽紧。他马上从手机的百度地图上查出黄华欢竹韵轩工作室的位置，决定提前踩点。他打开微信中第三方服务，叫了滴滴出行。不到两分钟，一辆的士就到了，他让司机看位置图。

二十分钟后，他找到了黄华欢的竹韵轩工作室。在周围转了两圈，没有看中的地方。他把目光移到山上，几番比较，他觉得山坡上一块凸出的石头的位置是最佳观察点。在一条小溪边他找到了上山的消防通道，迤逦上山。到了石头的位置，坐在上面，拿起望远镜试了试，位置角度太高，看人时，鼻子会遮住大半个嘴，影响读取效果。他目测了一下，二十六米左右的下方那个草丛的位置应该不错。通往草丛没有路。天开始黑下来。他要在天没全黑下来前，完成选址工作。他双手扶地，从没有路的坡上慢慢下移。下到十八米处，他一脚踩空，左手急忙去抱身旁的一棵大树。树太粗，没抱住，又想抓住晃在眼前的一根树枝，也没抓住。一秒钟的天旋地转，他被重重摔进一个大坑，压在身下的左胳膊咔嚓了一声。一阵钻心的疼让他头晕目眩。不知过了多长时间，他翻身坐起，右胳膊抱住受伤的左胳膊。待神志从疼痛中稍稍清醒时，他看清他掉进了一个直径三米、深七八米的大坑。大坑四壁是用石头水泥构造，有几条树根从石头缝里长出来，在头顶晃动。他深吸一口气，支撑着站起来。转了好多圈，没有找到出去的途径。他想抓住树根爬上去，无奈左胳膊受伤，一只右胳膊，无法攀爬。他靠着坑壁，滑落在地上，失落地看着头顶的天。忽然，他想起了手机，他要给女朋友发个微信，告诉她自己的位置，寻求救助。他先从挎包里的望远镜下拿出手机，手机被摔坏了，打不开。他气恼地把手机举得高高的，想摔出去发泄心中的郁闷。最终又缓缓地放下。他舍不得把手机摔了。他心疼钱。

他坐在地上，绝望地低下了头。此处在半山腰，喊救命不会有人听见。再说天快黑了，不会有人来这里或是路过这里。最大的希望就是明天天亮后有人爬山路过这里。令他恼丧的是今夜就有台风袭来。天不觉就完全黑了下来。也不知过了多长时间，他竟睡着了。后半夜，一阵风的呼啸把他惊醒，紧接着，雨水就瓢泼一样灌进来。台风来了。雨下得特别大，不一会儿，他就坐不住了，不得不站起来；又过了不到十分钟，雨水就淹到了小腿肚；又过了一会儿，就淹没了膝盖。他十分恐慌，看着快速涨起来的水，他觉得他活不到明天，马上就会被淹死。黑暗中，他想起了他的女友，想起了他们还没有到手的结婚房。他忍不住对着泼下来的大雨放声痛哭。水还在上涨。哭着哭着，突然，他觉得水好像不往上涨了。他摸着淹到大腿根的水位，等了一会儿，确定水实实在在地不再上涨了。他抬头，雨水还是一点不减弱地往里面灌。他疑惑积水去了哪里？在黑暗中，他顺着水流的方向，慢慢摸索，终于找到了水流出的地方。水是从石头缝里流走的，隐隐约约，风声雨声雷声的间隙，还能听到流水的哗哗声。他摸准水流的地方，用手推推石头，石头是活的，再用力一捅，竟然掉了下去。他又接连捅下去三四块石头，感觉告诉他，这是一个通向其他地方的坑道。他一阵惊喜，觉得有救了。当他捅倒第七块石头时，石头哗啦倒下去一大片，坑里的水一下子就全泄了出去。在他眼前展现出一个半人高的坑道。水哗哗地往坑道里流动。他用手摸摸坑道，知道不是天然形成的，是人工修筑的。他判断这个坑道一定是这个大坑通向外面的通道。他松了一口气。他想尽快脱离险境。壮起胆，弯着腰，扶着坑壁，用脚尖一步一步摸索着往前走。走了二十多米，他的手摸出来前面成了两条道，一条往左拐，向下，和水流声一个方向，另一条道向右弯，步步向上。恰在这时，向右弯的那条道里闪出一道光亮，接着又是一道光亮，紧跟着是一声响雷。他判断刚才那闪出的两道光亮，是天上的闪电。闪电能进来的地方，一定是出口。又是几道闪电。他果敢地拐进闪电亮过来的右边坑道。他扶着洞壁，架着受伤的左臂，向前摸索。脚下出现台阶，呈现螺旋式上升，他一边向前走，一边数着台阶。数到二十九个台阶时，又是一道闪电，他追着闪电望去，又看到一条闪电的面孔。他看到了坑道的出口，他小跑了几步，便到了坑道口。

坑道口被树根挡住了。树根粗的有小胳膊粗，细的像筷子一样细。他知道自己得救了，揪着的心也平静下来。他瘫坐在台阶上，微微笑了。他想着过了台风后，如何向女友讲述今晚的奇遇。缓过气，他用右手开始清理树根。筷子细的，他用手折，很快就弄断了二十多根。面对三根胳膊粗的树根，他想了想，没有别的办法，只好用牙啃，直啃得满嘴是血。一个小时后，他的前门牙掉了两颗，啃断了三根树根中的两根，来到了地面。

借着闪电。他看清头上是一棵高大的大榕树。他扶着密集的树干，转了半圈，看见正下前方有灯光，再一细看，好像就是他昨天看到的那间黄华欢竹韵工作室所在的位置。

台风呼啸着，雨越下越大。

他放下望远镜，揉揉发疼的眼睛。风吹雨淋，他冻得直发抖。他顺着原路返回，往下走了十级台阶，便坐了下来。没了风雨的侵袭，身上顿时暖和了不少。不一会儿，困意萦绕到头顶。他慢慢把受伤的左胳膊盘在膝盖上，用右手护着，头靠着洞壁，他需要睡一觉。

醒来时，天已大亮。他从洞里出来，把自己夹在两根树枝中间。他举起望远镜，看见王群和另外三个人在吃早饭。他的肚子也咕咕地叫唤起来。过了大约一个小时，茶室剩下了三个人，王群和另两个人在继续喝茶聊天，另外一个瘦高个的人不见了。他把镜头移到最右边那个房间，满是字画的工作室里，应该是叫黄华欢的那个人正在作画。黄华欢不是他关注的对象，他把镜头又移回去，盯在王群的嘴上，时时刻刻注意着他的口型。风太大，刮得他直晃。为了防止可能被风吹跑，他索性用裤带把自己绑在树上。斜来的雨点，透过树干的间隙，打得脸皮肿胀。撑不住了，就看一眼左胳膊上文的一只婀娜多姿的凤。那是他的强心剂。看一眼，浑身就充满了力量。他女友的右胳膊上文的是一只翩翩起舞的凰，正好一对。那是他们决定结婚的那天，一起到拱北口岸广场的小店文的，满满的纪念意义。现代的年轻人时髦文身。看着这只凤，就像看到女友，抚摸着这只凤，就像抚摸女友。

他深情地亲吻一下婀娜多姿的凤，再次凝望对方那张充满诱惑的嘴唇。做完这次监视，拿到报酬，他和女朋友朝思暮想的一室一厅就算是凑足了钱。他们就可以结婚生子了。

他挺挺胸，微笑在黑眼珠子上荡漾。

台风，我行我素地痴狂着。

六

断了电，小区进出口门禁失灵。保安躲台风不见踪影。陈中只好从大门上翻过来。上爬时，几次被风吹得不是脱手，就是脚板子蹬空，像个葫芦，吊在半空。好不容易坚持到门顶，右腿先迈过去，再迈左腿时，裤腿让铁艺大门上的矛头钩住，来个倒栽葱。慌乱中，他双手乱抓，抓住了大门上的锻打压花方钢，才稳住身体。他用力往上支撑，又向上移动了两把，脚蹬住方钢的另一面，想把钩住的裤子解脱下来。风吹得他乱晃。裤子的韧度抵抗不住风力的强度，裤子从裤脚撕到大腿根。他像半截木头从大门上掉下，重重地摔在水泥地面上。不等他叫唤疼痛，风就刮着他原地打了三个圈，接着就扔进从小区里涌出的雨水里，一起冲向马路下水道。惊恐中，他急忙用脚钩住马路口一棵杧果树，才侥幸没被水卷走。他抹了一把脸上的雨水，看到门口右边的饭店前停放的一辆SUV车。趁着风喘气的空隙，他先冲刺到SUV车旁，再跃到饭店前。饭店老板在喝茶，透过门玻璃早看见他，及时打开门，把他拉了进去。

他们是老熟人。他经常来饭店吃饭。老板埋怨他这么大的台风不在家老实待着，跑出来干啥？他说有急事去公司，去车库开车，车库被淹了。他提出想借老板的车一用。老板说这种鬼天气开车上路太危险了。

还说我借给你车就是让你去寻死。他解释说真的有急事，事比天大，恳请老板无论如何都要帮帮忙。还说，车坏了，他给老板买新的。老板见劝不住他，便嘱咐几句小心点注意安全的温馨话，从茶几上拿过车钥匙扔给他。陈中开上老板的广汽SUV车上了粤海东路。过了银湖酒店，到十字路口，红绿灯乱闪，他右拐进入迎宾路，一路向北。过了九洲大道前行一百米，就是板障山隧道，隧道里两条行车线，左边一条通行，右边那条被停下来躲避台风的车塞得满当当。出了隧道，前面要穿过人民西路。人民西路在板障山和凤凰山中间，地势低平，积水严重，一片汪洋。有十多辆小轿车在里面抛锚，水淹过了窗玻璃。有一辆相同品牌的SUV，泡在水里，水快淹到车盖。他大吃一惊，犹豫了一下，想停下来。风不让他停，吹着车子往前跑。他只好咬着牙，冒险往过冲。他把油门踩到底。车轰响着，像一艘游艇，划破水面。水溅起两米高，像车长了翅膀。水有点深，雨水直扑风挡玻璃，什么也看不见。二十秒过后，风挡玻璃上的雨水稀薄了些，用雨刷器一刮，能看见前车盖了，又过了一会儿，能隐隐约约看到雨水下面的柏油路面。他长出一口气。他冲过来了。

行驶在没有多少雨水的路上，就是一种享受，心情充满了阳光。越过银桦路，左面是报业大厦，右面是电视台，再往前就是图书馆、凤凰山。迎宾路往北是一路上坡，路面从雨水中挣脱了出来。再被雨水淹的可能性基本没有了。不过，他想起来了，在迎宾路和梅华路相交的路口，一下雨就积水。因为，梅华路承接着从凤凰山上泄下来的海量洪水。

图书馆前有一家顺德饭店。他只看见了饭店，饭店后面的图书馆被暴雨包围了，看不见。一个月前，他还在这里吃过饭。那是紫光项目负责人设的局。

那天，他在办公室试品手下的包工头给他送的几斤有机好茶，接到紫光公司项目经理的电话，说是要请他吃饭。这是破天荒的事。从来都是作为乙方的他请甲方的他，他不解其中的味，急忙说哪能让你请客，你是打我的脸。项目经理坚持要请。他只好爽朗地答应，不忘来一句：你请客，我买单。到了包间，王群也在。他有点蒙，故意对王群视而不见，好像他们中间横亘着南海。饭菜上齐，项目经理一边劝他俩喝酒，一边款款道来他想让二位老板合起来做这项工程的想法。项目经理说，我和你们俩关系都很铁，很为难，让陈老板做，对不起王老板，让王老板做，又亏欠陈老板。我这些日子，吃饭不香，睡觉失眠。

项目经理确实为难，他两头都吃，接受了双方的贿赂，像一根鱼刺卡在喉咙里。只要双方同意合作，这根鱼刺就能顺利地下肚；即便双方不愿意合作，他把话一讲到明处，他的责任也就一推六二五了。他要的是目的，不是结果。这是他惯用的手法。

王群端着双臂，架在胸前，看着天花板，琢磨着如何应对。

陈中不可能选择和王群合作。他正在猛攻领导，突破口已找到，五百万元的炮弹已备好，拿下领导是分分钟的事。有领导的加持，紫光建筑项目铁定就是他的。他靠着椅背，一只手垂着，另一只手放在桌上，指尖吊儿郎当地敲着，直接拒绝合作意向。

王群无奈，干呵呵两声，对紫光项目经理摊开双手。

项目经理也呵呵地干笑两声，说：既然两位没有合作意向，我也不会强按下你们的龙头。我尊重你们的意见。你们竞争吧。我保持绝对的公平公正。呵呵呵呵。

接下来，陈中被王群的冷漠激怒了。他故意大大咧咧地起哄着要和王群拼酒。王群比他酒量大，王群一斤，他只有八两。他却不服气。三杯下肚，便吆五喝六，势不可当。他常说，酒量是一回事，酒胆是另一回事。今天，紫光项目经理的态度让他十分恼火，他又不敢对项目经理发火。人家是衣食父母，他惹不起，不想惹，也不愿惹，更不敢惹。他肚子里的火熊熊燃烧，烧得五脏六腑呲呲冒烟。他要发泄。他想借酒发疯，闹出点大的动静来。

谁知王群对他不屑一顾，懒得和他玩。

那天从饭店出来，已是下午三点钟，公司副总提醒他公司开会，他已经醉成一摊泥。进入公司会议室，他大屁股一坐，扫了一眼黑压压一群参会人员，大手一挥，大声说：接着喝！

为了战胜王群，他突发奇想，从聋哑学校请来了唇语老师王炳南，在王群办公室正对面的21世纪大厦二十一楼租了一间房，用望远镜，监视王群。王群每天说了什么话，做了什么事，和什么人来往，给什么人打了电话，电话里都谈了些什么，王炳南都记录下来，第一时间用微信发给他。他对王群了如指掌。

自信满满的陈中不知道，王群早在他监视他之前，已在他公司的隔壁租了一间办公室，派尹少华天天密切地关注他和他公司。

风雨中四分钟后，他右拐进入梅华东路。比他意想中的顺利。只是路面积水比他想象中的严重。他小心翼翼地驾驶着。再过五分钟，他就能到达王炳南那里，只要看到王炳南，他怦怦乱跳的心就会安静下来。

台风还在加强。他感到整个车没有在水中行驶的沉重，变得轻飘飘的，像一片泡开的铁观音茶叶。猛烈的侧风，使得车头车身直往右偏。他不得不两手抓紧方向盘，把方向硬往左打，以抵抗风的侧吹。他紧张得要窒息。

突然，就在眼前不到半米，一棵被拦腰折断的树，亮着白茬，从空中向他砸下来，他本能地把头往回一缩，往下一低，咚！一声响，三十多厘米粗的椰子树毫不留情地戳进车盖，从发动机旁边直插到底，车屁股往起一撅，整个车差点立起来，安全气囊起爆，整个人窝在气囊中。

他检查一下自己，没有受伤。他从安全气囊后探出头来，无奈地看着车窗外。

天上乌云密布，地面洪水翻涌，台风肆无忌惮狂吼。

路面，雨水夹杂着多种不明之物，横冲直撞。不断有树枝被吹断，被风裹着飞到空中，又砸向地面。路中间的隔离带上又有一根路灯杆被刮倒，摔在路面，LED灯成了碎片，灯杆在水中横着打了一个漩，便跟着水流走了，身后拖着长长的电线。灯杆出去三十米左右，被电线拽住动不了，左右摇晃着。突然电线绷断了，灯杆像太原卫星发射中心发射的火箭，射向茫茫暴雨深处。绷断的电线带着灯头反弹回来，砸向陈中的汽车。也该陈中倒霉，灯头不偏不斜，正好砸在他乘驾的正面，风挡玻璃哗啦现出一个大洞。电线再长十厘米，陈中的脸就要开花。陈中吓得脸无血色。瀑布似的暴雨趁机疯狂泼进来，不到十秒钟时间，车厢就被灌满了。他胸部以下全泡在雨水中，压得他要窒息。他四下看了看，最近处就是右前方的路边商铺。距离最少有三十多米。

车门打不开，他只好推开灯头，从风挡玻璃处爬出去。下了车，前行不到五米，一股旋风把他抱起，他在空中妈呀妈呀地叫唤了两声，又被狠狠地摔进雨水里，眼前一片昏黄，嘴和鼻孔被泥水糊住。

他四肢着地，想爬起来没起来，就被雨水卷着，像块石头，咕噜噜随水滚动。

七

尹少华被台风从半山腰吹到山顶。他上身赤裸，胸前，背后，脸上，胳膊上，青一块，紫一块。左眉骨被磕破，血和着雨水，流了半张脸，又滴到胸前，像蚯蚓在肚皮上蜿蜒。长裤子剩下少半截，裤腿被撕得一缕一缕的，像印第安人的遮羞布。他搂住一棵相思树，拼命地睁大眼睛，透过密集的雨幕，寻找凯茜。蓦地，透过两棵树的间隙，他看见在西侧的小溪里，凯茜努力昂起头，一边漂着，一边扑腾。小溪比平时水大了好几倍，此时它也变成了山洪的路线。那条小溪蜿蜒数千米后，最终穿过石溪路，流进红门楼水库。他知道有一条捷径，从那里顺着山道溜下去，就能赶到凯茜前面。他灵巧地借助着树与树的保护，奔跑到山道边，然后，不顾一切地滑下去。他已忘记了危险。他只想救凯茜。脚快触到小溪时，他顺势抓住一棵树，让自己停下来。他没有像上次那样，试图用手抓住凯茜。他从地上捡起一根胳膊粗的树干，一头插进对面几块石头的缝隙里，一头抓在手里，看着凯茜快到眼前，他跳进小溪，把树干横在水里，凯茜跟着洪水过来时，很轻松地就被树干拦住。凯茜反应也很敏捷，一下子就抱住了树干，又顺着树干爬向他。他张开双臂，把凯茜抱在怀里。正准备上岸时，横在水里的树干在洪水的作用下，狠狠地对他来了个横扫。他被打翻在水里。他唯恐再次失去凯茜，紧紧地抱在怀里。他在水里翻滚着，挣扎着。大脑一片空白。一会儿天上，一会儿水下。他的肺部憋得要炸，雨水塞满了他的鼻孔，使他无法呼吸。

水裹着他横冲直撞。不知多少次被拍在石头上、树上，疼得钻心，后来就麻木了。水速极快，他一手抱着凯茜，另一只手乱舞着，想抓住个什么东西，让自己停下来，赶紧脱离洪水。一路奔流一路扩大的水势根本就不让他停下来。他的三魂六魄全丢在了水里。他恐慌，他不知道自己会不会被冲进大海。进了大海，他的美术家梦就要画上终结符号了。他在水里为自己不平。他不能死，他要活，他要继续他的梦。

也不知过了多长时间，他感觉好像就是一生一世。他被抛进一个弯道，打着旋，昏晕状态下，他的手本能地抓住了一棵倒在水中的树。他从水中探出头，对着天上的乌云，深深地吸了一口气。肺部舒展了。就在他张着嘴，准备再呼吸一次时，又一股洪水过来，把他高高抛起。他感觉自己像一颗出膛的炮弹，在空中飞行了好长一段距离，随后，就重重地摔了下来。他晕了过去。不知过了多久，脸上有麻酥酥的感觉，耳边除了风声雨声，还有凯茜的哭声。他努力睁开眼睛。凯茜正瞪着明亮的红色眼珠子看着他，豆粒大的泪珠不断线地滑落。它站在他的头顶，用小小的身躯为他遮风挡雨。看见他睁开眼，凯茜兴奋地呜呜叫着，伸出舌头舔他的脸。他的意识飘忽不定。他知道他与死神擦肩而过。他想坐起来，浑身骨头的疼痛使他剧烈地咳嗽起来。他平躺着。他扭头四下里观察了一下，没搞清身处何地。他抱着凯茜，翻了个身，爬着起来，身子还没站直，就让风吹得要跑起来，像一辆没有刹车的轿车。几次伸手想抓住身边的树干，利用树干让自己停下来。他没做到。他脚离地面，被风卷着跑到另一面山坡上。山坡平缓，他跑的速度降了一点，但他还是控制不住自己的两条腿。前面有一棵大榕树，他喜出望外，他看到了救命稻草。借着风力，他拼命地向榕树扑去。这棵榕树很大，占地有三百平方米。他狠狠地把自己扎进树干中。凯茜伸出苍白的舌头，舔舔主人的脸，眼睛里溢出来感恩的泪水，一滴滴，像日本山荷花，水晶般透明。

风在怒号，雨似瀑布，雷声暴唳，环境十分恶劣。榕树嘎吱嘎吱痛苦地呻吟。

他嘴唇发青，浑身发冷，像是在发烧。雨水转着弯地打在他的脸上，把视线搞得模糊不清。他不停地用手擦去从四面八方扑过来的雨水。心中祈祷着平安度过眼前的台风。

突然，他看见榕树里还有一个人。他的魂一下子飞到了天外。这么大的台风，谁会跑到这种鬼地方来找死呀。他擦擦眼里的雨水，再观察，细看，不错，是个人，侧影还有点熟。

他一根树干一根树干地移动着，向那人挪过去。靠近时，他的嘴大大张开。他认出了王炳南。王炳南把自己捆在树上，吊着一只胳膊，另一只手举着望远镜，正全神贯注地观察着什么。

猛然，一种怀疑从尹少华脑海里弹出：王炳南会不会跟踪我的老板来到了这里？

尹少华是一个月前认识王炳南的。一次，他到公司领工资，画家对画面敏锐的洞察力，让他对大楼对面其中一个窗户的一个小亮点产生了好多怀疑和联想。一个月前再到公司时，他见那个小亮点还在。他盯死那个窗户，标个记号，又到别的办公室做个标识，锁定那个窗户的具体位置，又用目光从东往西丈量出精准距离。他离开公司，顺着喧闹的街道绕了一个大圈，从另一条道上，走进那座名叫21世纪大厦的公寓楼。直接上了二十一楼。他很庆幸楼道空无一人。他走到楼道最东边，从东往西走了二十七米，停在一个房门口，他确信位置没错。房门是用不锈钢压制的防盗门，做工粗糙，应该是在吉大白莲路边小门市部定做的。他举手敲门，里面没有反应。他知道那个房间里面有人。他退到消防疏散通道口，坐在那里死等。中午时分，一个靓女从电梯里飘出来。尹少华瞪目哆口。靓女的长发染成大胆的酒红色，微卷着，像波浪从头顶泻下。距离稍远，五官看不太真，但位置摆放得恰到好处。双耳上吊着大大的不锈钢耳环，下面有金色的细线，细线下面是毛茸茸的卡通猫，闪得人眼睛发直。黑白色的休闲装，圆领露出清晰漂亮的锁骨。灰色超短裙，衬出修长的双腿，身材玲珑，起伏有致。雪白的右胳膊上文着一只凰，随着胳膊的摆动，在楼道里翩翩飞翔。

靓女越走越近，面部看得更清楚了。这是一张透着天真的娃娃脸，甜美无公害。尹少华怦然心动，想入非非，打心底赞叹：好模特，美人坯子，凯茜在她面前也自惭形秽。

美人坯子把装着餐盒的塑料袋从左手转到右手，用钥匙去开那间房门。尹少华几步抢过去。美人坯子打开房门，他就跟着往里挤。美人坯子哇哇哇叫唤着把他往外推。里面拿着望远镜的寸头青年扑过来。他认出寸头就是他从窗户上看到的用望远镜观察的人。他一边解释一边侧身挤进去。美人坯子又一阵哇哇哇叫。寸头也跟着哇哇着，用手比画。尹少华明白自己面对的是一对聋哑人。他马上就为美人坯子感到惋惜。他友好地笑笑。寸头把他往外推。他把他随身带的一个公司文件袋让寸头看。寸头还是不让进。

尹少华看见桌子上有笔和纸，他比画着让他用笔和他交谈。

尹少华说：我是对面公司的。

寸头只好走到桌子前，在纸上写道：我知道，我见过你。

他看到寸头左胳膊上文有一只凤，又看看美人坯子胳膊上的凰，他问寸头：你女朋友？

寸头的眼睛对他说：你怎么知道？

他说：你们的胳膊上文的凤和凰告诉我的。

寸头写道：这是我俩爱情的见证。

他说：祝福你们。希望早日吃你们的喜糖。

他又说：我叫尹少华，是粤祥公司的管库工。

寸头写道：我在你们王老板办公室看到过你，还看见你在财务室领工资。

尹少华说：你用望远镜观察这些干什么？

寸头写道：解闷。

他摇摇头：你没说实话。你在监视我公司，搜集情报。

尹少华从寸头眼里看到一抹惊慌和绝望，就像去年在山里写生时，恰巧看见一条蛇在吞小鸟，那只小鸟当时的眼神就是寸头这时的眼神。他的心弦颤抖了一下。

尹少华说：你这种行为是不对的，是对我公司的一种侵害。作为公司的一员，我有责任制止你的不当行为。

寸头做出一连串的哀求动作，然后写道：我也知道我的做法欠妥。我向你和你的公司道歉。

尹少华说：你应该停止。

寸头写道：我叫王炳南。我们残疾人生存环境很不好，不像你们。

尹少华说：我理解你，同情你，可你这种工作性质有问题。

寸头写道：再有几天我这份工作就完成了。我们就可以拿着钱交买房的首付，有了房子，我们就可以结婚了。求你帮帮我。

尹少华看出寸头哀求中还激荡着剧烈的渴望和执着的追求，他又看看美人坯子，心底一热，眼里也跟着发烫，接着就有了泪光。他走到窗前，看看对面的公司。又看看窗外的蓝天。他瞬间做出了决定。他拍拍寸头的肩膀，扭身就走。

回到公司，尹少华在老板办公室门口转悠了十多分钟，进去对老板说：以后机密的事，请多注意一些。隔墙有耳，对面有眼。

一道闪电，像银龙，从天顶斜斜飞过来，划破风雨世界，天空熠熠生辉，美哉轮焉，美哉奂焉！躲在榕树里的尹少华惊叹大自然的鬼斧神工。画家的本能让他恨不得马上把这一刻变成画面。他期待着刚才的闪电再来一次。就像美好的事物不会再重复一样，华丽的闪电也不可能再次复制。别说闪电，跟在闪电后面的滚滚雷声，也销声匿迹，大概是被台风当饭吃了。

遗憾完闪电，尹少华左手抱着凯西，右手抓着树干，一步一步移到王炳南身边。中间有两次差点被风刮出去。

他靠近王炳南，拍拍全神贯注的王炳南。

王炳南惊恐一跳，手中的望远镜差点掉到地上，扭回头一看，是尹少华。

尹少华也不说什么，直接从王炳南手中夺过望远镜。他举起望远镜，朝王炳南刚才看的方向望去。画家尽精微致广大的犀利目光，不到十秒钟，就抓住了自己的老板。老板正在抱着一个什么人，还拉着那人往窗户这边走。他暗暗为老板着急。他心里祈祷老板万万不敢来到窗户前说话。可老板偏偏走到窗前，还对着山，准确地说就是对着他和王炳南所在的方向，和那个他不认识的人说着什么，他不懂唇语。但王炳南是专家！

王炳南冷不丁从尹少华手里夺回望远镜。一秒钟也不耽误地举起来，对准对面的王群的嘴。

尹少华几次想从王炳南手中夺回望远镜。迅速出击的手不知为什么又缓缓收回。

他想利用身子没站稳的理由，把王炳南撞倒。他双手抱着凯茜，没行动。他懊恼自己和老板一样仁慈善良。

王炳南脸上激荡着胜利的微笑。

尹少华的眉头像褶皱断块山。他为老板难受。他想冲下山，给老板说明一切。但下山没路，洪水凶猛，正以飞流直下三千尺的水平咆哮着。

八

台风推土机一样的巨大破坏力达到顶峰，惊心动魄，震耳欲聋。它想把世界夷为平地。

王群离开茶台，走到枝叶茂盛郁郁葱葱的发财树后，穿过椭圆形的叶子，细细观察对面的山。他的目光最后在那棵巨大的榕树上停留下来。他又看到了那个熟悉的反着光的望远镜。他的心一阵发热。他可怜对方又敬重对方。他希望他的公司多几个这样的员工。他想把他叫下来，避避台风，顺便吃点什么，或是喝碗姜汤，暖暖身子。想归想，他不可能把他叫下来。他要把对方玩得残废。

这是商场，商战无情。

三天前，从紫光公司的内线得知领导给紫光老板秦总打招呼后，王群第一时间驱车来到紫光，拜访秦总。

秦总亲自给王群泡茶。他不给王群开口的机会。他说：王老板，我想我现在的处境你很了解。我也希望你能理解我。我知道，三年多来，你们公司对我们的建筑项目提供了很多帮助，为了拿下这工程项目，你们花费了大量心血。我理解你现在的心情，感同身受。现在大家的日子都不好过啦。钱难挣啊。

王群静静地看着秦总。

秦总继续说：中央反腐力度这么大，我可没胆量在风口浪尖上犯低级错误。我唯一能做的是给你们提供公平竞争的机会。

王群说：领导都亲自出马了，还会有公平竞争？

秦总说：面对权力，我也不敢吹牛，保持谦卑是必须的。

王群心头滴着血，脸上挂着笑。他十分清楚权力在商场的巨大威力。他没有别的出路，只有找到比领导拥有更大权力的大人物，才能化解眼前的危机。很幸运，台风给他提供了十分富余的时间。他可以从容地大展拳脚。

手掐发财树叶子的王群，突然想让台风早点停下来。他在这里虚晃一枪，肯定会把陈中引入歧途。陈中为了胜利，会一方面抓紧领导，一方面去破坏他和其他领导之间的可能建立起来的友谊。陈中不会想到，他王群下的棋更大。那天，从秦总办公室出来，第一时间，他就派出七路人马，分赴各地找关系。最后，他决定去一趟广州，详细了解那边的情况。

他后悔把尹少华从监视点撤出来。台风让他停住了手脚，陈中却没停止。张得一呢？更不可能收手。他就像他公司的名字一样，是个可怕的对手。螳螂，他以前没有把它当一回事，没想到就像螳臂当车一样，明知不可为而为之，傻得让人瞠目结舌，胆肥得让人毛骨悚然。它的胃口太不可思议了，啥都敢吃，谁都想吃。

三个月前，他在陈中公司楼上租了一间办公室，安排尹少华监视华富公司的一举一动。他早就看上了尹少华。帅哥虽然灵性差点，但基本功扎实，他欣赏他的画。他除了给他安排了个保管的工作，提供可用来继续画画的必要条件，还和他签了一个十年合同，除了工资之外，一年再给他二十万元，条件是尹少华每年给他画二百幅四尺整张的作品。当他收藏的尹少华的画跨进两千平尺的门槛时，便开始利用金钱的魅力在香港、澳门、广州、北京等多家报刊上，全力宣传尹少华。王群对尹少华说，我要把你打造成全国最有名的年轻画家。三年过去了，尹少华在华南地区已露尖尖角，王群拉关系应酬，不用再花大价钱去购买什么名人字画了，他直接就送尹少华的画。他清楚，眼前的尹少华就是他投资兴办的一个一本万利的新型工厂，他能赚得盆满钵满。

那天，尹少华在办公室含含糊糊地警告他对面有眼隔墙有耳后，他让干保安的朋友对公司的安全进行了一次全面的大检查，没有查出监听设备。朋友说：现在设备越来越先进，有矛就有盾，有监听就有反监听。他清楚：原始的手段安全性最强。他就是这么做的。

有次，他在办公室思考问题，踱来踱去，从窗户前路过时，无意间看到对面大楼里的秘密。他想起了《三国演义》里的蒋干。他开始在办公室不断地发出诱导的信息。

事后，他还想到，他在华富公司大楼里安排的尹少华也有被陈中发现的可能，尹少华反馈的信息也可能会带有误导性质。他心里一阵狂跳。片刻之后，他又恢复了平静。他比陈中更有能量，更有手段，他还有两条秘密的途径通向华富公司。多方来源的信息反馈到手中，他会比对，会去伪存真的。

此时，从对面的大榕树上，他能够看到陈中抬头望着蓝天白云那绝望的眼神和欲哭无泪的表情。

他需要采取下一步的行动了。

就在他准备离开发财树时，看见对方身边多了一个人，再细一看，竟然是尹少华。他怎么会跑到这儿来？

对尹少华的忠诚，他心里有数。尹少华还需要他砸更多的钱为他炒作，把他推进中国著名美术家的殿堂。

他想起那次在办公室尹少华对他发出的警告。他想尹少华一定是追踪过来的。

这里的棋已下完，他需要离开这里了。

台风正狂，在珠海三十多年，他从未把台风当回事。台风要刮他挡不住，他要做的事台风也干扰不了。

他决定马上就去广州!

九

雨点打得玻璃啪啪啪啪响，像机关枪在扫射。汽车在马路上犁开一道波浪。王群瞪大的眼睛，贴在汽车风挡玻璃上。鼻孔里的热气在玻璃上腾起一层雾，随着他的呼吸，扩大，缩小，扩大，缩小。空调猛吹，雨刷器强刷，眼前仍是模糊一片。他不时打方向盘，躲避倒在路上的树木、路灯、车辆、广告牌，还有天空的不明飞行物。

车到迎宾路口时，两条相交的马路上横行的雨水汇到一起，让汽车像纸片一样在路中间打转。刹车、油门、挡位都失去了作用。他没有紧张，随意而又小心地操纵着方向盘，应付着糟糕的无法控制的恐怖局面。蓦地，迎宾路方向出现一辆类似汽车一样的东西，像脱缰的野马向他冲过来。他想避让，手中的方向盘根本不按他的操作行事。眼看着那辆汽车就要和他驾驶的汽车迎面相撞，从梅华西路漂来的一根半抱粗的树干咣地撞上他的车尾，车身一震，腾空飞出二十米远，脱离十字路口，落在他想要去的梅华东路。他回头看看，笑了。这就是天意，天不灭王啊。他长出一口气，后脑勺打夯机一样咚咚响。他手搭在方向盘上，让心脏平缓一些。随后，他正正身子，扭扭方向盘，踩踩油门。他不敢在此地久留，继续往东行驶。

一辆改造过的，全副武装，顶部焊着槽钢，轮胎是半人高的卡车轮胎的吉普车从身边开过，威武牛气得像航空母舰。他十分羡慕。他想，台风过后，他也要打造这么一辆凶悍的SUV。不但酷，还实用，特别是在这种恶劣的气候中。

暴雨疯狂地击打着风挡玻璃。雨刷器开到了最快速度也刷不出个清晰的视线。

他艰难地前行。

路过古兀美术馆时，他不忘像往日一样，向这座建筑物行注目礼。回转头时，透过凌乱的雨丝，他隐隐约约扫见靠近马路边的滚滚雨水中有一个人在挣扎，想起来却站不起来。他睁大眼，再细一看，真是个人。他急忙右打方向盘，小心翼翼地向那人靠去。他不敢着急，他生怕汽车给那个人带来二次伤害。汽车在他的操控下，摇摆着缓慢地移到马路边洪水里，移到那人的前面一米左右的地方。他努力稳住车，摇下右车窗，朝车窗外大喊：快上来！风把他的声音撕成碎片，一部分挡回车内，一部分抛向天空。

雨水里的人像看见救命稻草一样目光如炬。他机灵地往前一扑，手就抠住了车轮胎。扶着轮胎，他从水中拱起上身，又换手扶住车帮，站了起来。

王群认出是陈中。他大声招呼着：快上车！

陈中连爬带滚就上了车。屁股坐下，抹一把脸上的雨水，扭头一看，这才认出坐在司机位置上的是王群。他轻轻啊了一声，嘴就没有再合上。

王群升起车窗，关切地问：伤着哪儿没有？说着，递上一包面巾纸。

陈中这才合上嘴，喉结动了几动，没有回答。他抽出几抽纸巾，擦着脸。

王群又说：如果身上有伤，咱们就先去医院。

陈中动动胳膊腿，回答：只是摔了几下，喝了几口水，倒是没有伤着哪儿。王总，谢谢你救了我啦！

王群说声不客气。看陈中坐好，他挂上D挡，左打一把方向盘，让车重新驶到路中间。他看着前方问：陈总啊，这么大的台风，你还出门啊！

陈中继续用纸巾擦脸上的雨水，他把嘴里的污水吐了出来。说：王总，救命恩人啊。又接过王群递过来的矿泉水，漱漱口。

王群问：这么大的台风，你咋跑到这儿来啦？

陈中回答：小舅子打麻将，三缺一，打电话，叫我过去。没想到台风这么大。

你咋不开个车？多危险。

开了，坏在半路。真没想到台风这么大。

你小舅子的饭店不是在将军山那边吗，咋就跑到这里来了。

陈中只能以谎圆谎：本想走隧道，结果那边水深，车过不去，想绕到吉柠路翻山过去。谁想到半路天上砸下来一棵树，把车给报废了。真狼狈。王总，幸亏有你，要不，我这条小命还不知道会扔到哪儿。

王群说：这是你陈总福大命大。常言说，大难不死，必有后福。我以后还要借你陈总的光哩。

救命之恩，当涌泉相报。

不客气。我送你去你小舅子的饭店？

谢谢。

王群边开车边说：这么大的台风，去哪都危险。我刚才路过红山路，税务局旁边那座小楼，竟被台风吹成了意大利比萨斜塔。还有刚刚在迎宾路和梅华路的路口，车就像开进了大海，要不是老天帮忙，还真的出不来呢。

陈中扭头问王群：王总，你这是要去哪儿？

王群说：你想听假话还是真话？

王群清楚，他说什么话，陈中都不会相信。

陈中说：当然是真话喽。

王群说：真话呢，肯定是为钱的事。

王总，为了钱，连命都不要了。真叫玩命啊！

这就是企业家的职业精神。不会坐等台风过去，而是学会在台风中起舞。

说得真好！点赞！搞企业就得有这种一不怕苦、二不怕死的精神。

王群又说：再说句更真的话呢，我这是要去广州。我有个朋友，和一个大领导的秘书是发小。要不，紫光项目我就得出局。以我的性格，不可能让你独占鳌头。也可能你会赢，但我不会让你赢得轻松。我们都是有地位有面子的人，输得起钱财输不起人啦。

陈中说：找大领导也不是一天两天就能办到的。咋不能等台风停了再去。再大的台风也有停歇的时候。

王群说：心里没底，不踏实，闹得慌，坐不住，在家里活受罪，还不如出来干点活，顺便散散心。

王群又说：不过，在家里看着台风也就是那么回事，一出来，才发觉，比想象中可怕得多。我经历过几十场台风，没见过这么大的！

陈中附和着：经历过这一次，下次再打台风，给我一个亿，我也不会出来了。

陈中又扭头说：王总，我要是像你有十亿的身家，这会儿肯定在家睡大觉。

王群摇摇头回答：就你对金钱的追求劲头，到了我这个份儿上，比我还要拼命。资本这东西永远是逐利的，如果在你手上不能实现自身的增值，那它迟早要从你手中逃走。

王群缓了一口气，说：十六世纪的法国太阳王路易十四打下的江山加上海外殖民地，多么巨大的财富啊，也不够他的王妃挥霍。所以，陈总啊，咱们要善待自己的财富啊。留住它最好的办法就是生命不息，奋斗不止。

陈中伸出大拇指：高！大！上！给你点赞！咱们把企业做到这个份儿上，已经不是生存问题，是在做自己喜欢的事情。在自己热爱的领域做出一番事业，这是很幸福的事情。

陈中突然惊叫：加油门！

天空中一个巨大的不明飞行物向他们砸下来。

十

王群没有惊慌，他把方向盘往左边一甩，一脚油门下去，车头强悍变向。车头躲过去了，车尾没躲过去，一声巨响，被台风连根拔起来的大树掠过车头，砸在后厢盖上，车头翘上了天。王群死死抓住方向盘，陈中帮他按住。车子是四驱动，前轮在空中空转，后轮在路面挣扎，终于，咯吱一声，随着一股烟从后面荡起，车身向前一拱，车头反弹回地面，大树从车后盖上甩了下去。没等王群反应过来松油门，又一头撞进了国土局大门前的罗汉松里。

王群出了一身冷汗。

陈中变貌失色，舌头吐出半尺长。

两人庆幸躲过一劫。

汽车倒出罗汉松，继续东行。

前面又出现两辆行驶的汽车。一前一后，是从另一条路拐进来的。

王群笑着拍拍方向盘，说：还有不怕死的。

他的话没落地，陈中就指着前方叫道：张得一的车！他身子前倾，手擦车窗上的雾气，脸贴着风挡玻璃。

陈中继续指给王群看：后面那辆宝马X5就是。

王群把头往前探了探，努力地看，却没看清。

陈中说：绝对是张得一的车！你看车牌，粤C17777。是17777。没错，张得一的宝马。

王群加了几脚油门，车往前冲了一截，看清是张得一的车。

陈中问：这家伙，不在家好好躲着，跑出来干啥？

王群笑了：都是紫光建筑工程项目惹的祸。

陈中也笑了：王总终于说实话了。

王群反问：你敢说你不是？

陈中承认：工程项目不落地，心就始终揪着，放不下。要不是这个鬼台风，今天就见分晓了。中标的是我。

王群说：这场台风把你的美梦搅黄了。台风结束，大家的工作重心都会转移到灾后自救上来，投标肯定会被放下一段时间。在这段时间里，什么事情都可能发生。今天你有希望，明天希望就有可能变成失望。

陈中说：所以我在家坐卧不安，屁股底下烧着火呢。

他忽然来了兴致。他对王群说：咱们跟上他，看看这小子去干啥。

王群本能想拒绝，不知咋的，却同意了。笑着说：都是一帮要钱不要命的家伙！

车拐进兴业路。

王群说：这家伙好像是去公司。

陈中说：看行车路线有点像。再跟跟看。

王群和宝马X5保持着十多米的距离。

突然，头顶一片漆黑，抬头一看，一块硕大无比的广告牌像一架A380飞机，呼啸着从头顶砸下来。王群惊叫一声，急踩刹车，车在水中漂浮，刹不住，只好往隔离带的树丛撞去。车头扎进了树丛。

陈中下意识地用手捂住双眼，他觉得自己的双脚已经踏入了地狱的大门。

与此同时，一声巨响，大地微微一震，回头看时，巨大的广告牌已经拍在马路上。张得一的宝马车不见了，更前面的另一辆车像惊弓之鸟在雨中飞窜。

王群摇下车窗玻璃，探出头，手挡在眼前，寻找张得一的宝马车。

他发现宝马X5被压在广告牌下。

王群惊叫一声。

陈中睁开眼睛。他也看见了广告牌下面的宝马车。

王群要下车。

陈中一把拉住他：你这是找死！

他挣脱他的手，继续用力推已经变形的车门。他一定要下车。

陈中上牙和下牙直打架。他说：那……下下下面……是张……得得得一，咱们的对对对手！

王群头也不回，说：救他。

陈中说：这是天灾。

王群说：那是一条人命！

车门被推开。王群跳下车。人刚离开车，又让强大的风给拍回车门上，雨打得眼皮撑不起来。他用手遮住眼，抓后视镜，靠住车门稳住自己。他大大地深吸一口气，然后，猛地一低头，猫下腰，像一支箭向广告牌射过去。

陈中犹豫了一下，也跳下车，跟了上去。

王群伏在地上，钻到广告牌下，爬到被压扁了的车前。宝马X5已成一张饼。张得一平躺在驾驶座上，四肢颤抖，嘴上冒血泡。

王群惊喜地回头对陈中喊：他还活着。

陈中也爬进来。他厌恶的目光瞟了一眼司机座上的张得一。

王群口气严厉地说：救他。

陈中不想动。

王群说：救他也就是救自己。你今天不救他，良心会折磨你一辈子。

王群爬着绕宝马车转了一圈，寻找救人的方法。

陈中说：这么大的台风，咱们是泥菩萨过河。

王群不理睬陈中。

他觉得，不移开广告牌，就救不出张得一。眼前最重要的事就是把广告牌移开。他屁股往后倒着从广告牌下出来，扶着广告牌站起。他让陈中和他一起把广告牌挪开。

陈中朝着王群喊：这么大的广告牌咱俩抬不起来。

王群吼道：抬不起来也得给我抬！抬！抬！

陈中看看风雨中的王群钢板一样青色的脸，只好顺从。

王群喊一二三，两人一齐用劲。巨大的广告牌呼扇了几下，没起来。

王群又喊一二三，广告牌又呼扇了几下，还是没起来。

焦急的王群看看风向，拉着陈中跑到广告牌的另一边。这里是顺风方向。王群扶住广告牌，竭力让自己站稳。他对陈中说着什么，风把他的话吹跑了，陈中一句没听见。王群又钻到广告牌下，拱起腰。陈中低头看。王群示意陈中，他在里面往起顶，陈中在外面往起抬，两人同时用劲。

王群咬紧后牙，憋住气，使劲往起顶，脸肿胀得像面包，脖子上的青筋暴起直到锁骨。

陈中也用尽全力地往起抬。

一厘米，二厘米，三厘米，广告牌慢慢起来，终于被抬起十多厘米。

王群示意陈中用肩膀接力顶住，自己又往里面低的地方移了几步，再咬紧牙关，憋住气，往起顶。啊——，广告牌又被抬起来三十多厘米。风借着抬起的空隙，拼命地往广告牌下卷。王群要的就是这个结果。他脸上露出满意的笑容。他对陈中喊：有希望！

当广告牌抬高到一米左右时，风把广告牌掀翻。陈中手抓着广告牌，没来得及松开，被惯性带到空中，王群本能地伸手去抱，没抱住，只抓住陈中一条腿。就在他也快要被风带到空中时，脚及时钩住了张得一压瘪了的宝马车前保险杠。上面的陈中手一松，两人被重重摔下来。

王群从地上拉起龇牙咧嘴的陈中。

张得一看着王群和陈中，手在空中乱抓，嘴唇颤抖，直冒血泡，说不出话来。

王群急忙俯下身，紧握张得一乱抓的手，让他安静。

陈中脱下T恤，遮住他头上的雨。

张得一眼里不知是泪水还是雨水。

王群安慰说：别乱动，我们来救你！

陈中在台风中对着王群喊：你真的想救他？

王群说：救！

陈中说：搞不好，救不了他，咱俩也得搭进去。

王群让陈中和自己一样，抓住车门，一齐用力，一二三，四个来回，车门被撕开。王群俯下身，解开张得一身上的安全带。先是轻轻地清除掉遗留在张得一身上的玻璃碴，再让张得一的头躺在自己右胳膊弯里，左手捧着他的腰。陈中抱着张得一的两条腿。两人慢慢地把张得一从压成饼的宝马车里抽出来。

王群说：送医院！

陈中对着张得一吼道：你个人渣！

王群没理睬陈中。他想把张得一扶到自家的车上，抬头却发现刚才车停的地方，已经空空如也。

他无奈地看看马路两头。

只有台风在横行霸道。没有一辆车路过。

王群觉得在这里等就是等死，随时都会被台风刮过来的不明飞行物砸中。

他一咬牙，就是背也要把张得一背到医院。

他命令陈中帮忙，把张得一放到自己的背上，向市人民医院方向奔去。

台风在王群的心里已经没有了欣赏贝多芬《第九交响曲》那样的感觉，成了催命鬼，成了黑白无常。好几次，风都差点把张得一从他背上吹飞。走出不到一百米远，王群就喘不上气来，两腿发软，两条胳膊发僵，腰像断了似的。张得一在他的背上不断地下滑。他死命地抓紧，不时停下脚步，把张得一往上背一背。最大的问题还是风。刚想着如何解决，一股风从中间直接把张得一掀起，在后面抬着张得一两条腿的陈中也被吹离了地面。王群抱着张得一屁股的两只手急忙抓紧他的裤子，刺啦一声，裤子被撕开。眼看着张得一就要飞上天，王群扭头就抓，抓住了张得一的两条胳膊。张得一前面吊着王群，后面吊着陈中，横向飞了三四十米，摔在地上。王群感到浑身骨头断裂一样的疼痛。头因疼痛而猛烈颤抖。他歪咧着嘴，紧闭着眼，死死抓着张得一。三人泡在雨水中。陈中一脸痛苦倒在他对面。王群怕张得一被风吹走，赶紧扑在他身上。他胸脯压住张得一，双手撑着地，拼命睁着被风雨打得难以睁开的眼，看着张得一昏迷的样子，剧烈地喘着气。稍缓和后，他腾出两只手，在腰部摸索了一阵子，解下自己的裤带，示意陈中帮他把张得一绑在自己的背上。可惜，裤带不够长，差了一半。他索性脱下裤子，把裤子和裤带接在一起，这样来固定张得一就富余了很多。把自己和张得一绑好，他又让陈中把T恤撕成条条，把张得一的两条腿系在自己腰部。两人经过一番捆绑，王群、陈中、张得一绑成了一体，重量增加了，台风就不会那么容易把人吹起来了。

王群看看天，心里哀求老天爷，赶紧让台风停下来，即便不停，小一点也可以，当然最好是停下来，待他和陈中把张得一送到人民医院再接着刮。

他捋一把脸上的雨水，对后面的陈中说：走!

他们重新上路。

轰隆轰隆，轰隆轰隆，台风放肆地蹂躏着可怜的大千世界。不时有一道闪电，划破长空，在城市上空蜿蜒，接着就是震耳欲聋的响雷。

三个人艰难地前行。他们被风刮得忽左忽右，像醉汉，像扭秧歌。他们拼命地支撑自己，以免倒地。如果他们一前一后倒地，中间的张得一非被活生生折断不可。王群不得不回头比画着吩咐陈中，摔倒时不能往前摔，要往后倒。陈中愤激地骂道：去你的！往哪摔能由我？

王群看到陈中瞪大的眼中充满了鲜红的血丝，好像要一口把他吞下。

他竭力往前走。

尽管他们努力平衡，还是摔倒了三次。两次是被风吹倒的，一次是王群自己滑了一跤跌倒的，但是，在接近地面的一瞬间，王群都尽量让自己往前摔或是向旁边摔，没有让背上的张得一再次受伤。

一步，两步，八步，十步，他们坚忍地走着，用全力走着，用生命走着。突然，王群的脑海里闪现了当年红军爬雪山过草地的画面。他想，无非就是这样的艰难困苦。

他大口地喘气，大力地睁着眼睛。并不时回头鼓励陈中，离医院不远了。其实他们离医院还有三公里。

好不容易拐进紫荆路。路的方向变了，风向也转了，成了顺风，没等他们反应过来，整个人就离开地面，腾云驾雾，飞奔起来。两条腿成了摆设，不停地捯也捯不过来。陈中在后面看不到前面，只能踉踉跄跄地在后面跟着，一会儿天上一会儿地下，搞得他惊恐万状，妈呀妈呀乱叫唤。王群满脸苍白，他已经不是自己的了，属于台风，属于暴雨。他们飞奔的速度最少也有五十迈。他们看不见天，看不见地，看不见雨，耳边只有呼呼的风声、雨声、雷声、分分钟钟被折断的树木发出的咔嚓声，还有不知何种物体从身边从头顶飞过的啸叫声。

王群知道这样飞奔下去，绝对没有好结果。他几次想睁开眼，张开双臂，顺势抱住路边或是路中间隔离带上的树或是路灯杆，让自己停下来。他挣扎了多次，根本做不到。他只能跟着风，无头无脑地飞。

过了南坑，应该拐入桃园路，绕过香山公园，就是市人民医院。但是风不让他们拐弯，裹着他们朝前直飞。

前面是立交桥，直行是地下通道。地下通道里波涛汹涌，进去就是泥牛入海。情急之下，王群拼命往右一扑，想抓住路边的护栏，不过没抓住。他第二次去抓，手指尖碰了一下护栏，还是没抓住。在进入地下通道前最后一米，他终于抓住了护栏，巨大的惯性把他的胳膊拉长了十厘米，身后的张得一和陈中在空中划了个大大的弧，直接从后面甩到了前面，啪！砸在雨水里。王群龇牙咧嘴，胳膊像被从身体上撕裂出去一样疼痛。他死死抓住护栏，竭力缩短身体与护栏的距离。陈中也趁机抱住护栏，三个人挂在护栏上，没葬进地下通道的雨水里。

他们大口喘气，惊魂难定。

王群死死抱住护栏，控制着失去平衡的身体。他感到天旋地转，五脏六腑在翻江倒海。他想呕吐，张大口，没吐出来，却被一股风夹着雨直直灌了一肚子。他凄厉地尖叫了一声。定神控制住自己后，他去找陈中，陈中就在他一米远的地方，两手抱着护栏。他看见陈中右半个脸不知撞到什么东西上，肿成了猪屁股，下巴翻出一个大口子，混着雨水，从里面流下丝丝鲜血，滴在胸部，流经肚脐，渗入烂成一丝一丝的裤子里，又从裤子里飘出，浮在雨水上，像敦煌莫高窟壁画中的飞天。

王群不敢想自己的模样，他觉得自己应该比陈中还要惨。他控制着心脏，不让它跳出胸腔。他清楚待在这里不是个办法。不转移，迟早要被风吹进地下通道，下去就是死路一条。他定了定神，指挥陈中先翻过栏杆。

陈中的头贴过来，变了形的嘴对着他的耳朵，歇斯底里地嗥叫：扔了他吧！这样下去，咱俩都得死！

想都别想！王群也对着陈中的耳朵吼叫。他一脸坚毅。他绝不会退缩。

陈中翻过护栏，两人又慢慢把张得一的下身翻过去，再让上身和王群一起过去。

看看周围混沌的世界，王群敲敲发闷的脑袋。他在想下面要采取的措施。他不想死，陈中不能死，张得一也不能死。三个人都要从台风中活下来。他相信他能做到。他必须做到。

一辆汽车像一张卡片被风裹着，翻着跟斗，朝王群他们袭来。

王群一声令人丧胆的惊叫，护着张得一，并按下陈中的头。汽车飞过他们头顶，撞在前面三米远的护栏上。护栏被撞断，随风飞起。他们又被扔进台风中，进入了台风的频道。他们跟着台风从空中飞过立交桥，飞奔在柠溪路上。

他们失去抵抗能力，四肢完全脱离了身体似的在空中胡乱舞着，在台风里一路狂奔，一路呼救，喉咙因恐惧而发紧、变形，声嘶力竭，似鬼哭，如狼嚎。

十一

三十多个在妇幼保健院大门口避台风的人听到呼救声，循着呼救声又看到了一团像好几个人样的东西。一个西装革履的中年人率先冲出来，蹚着半膝盖深的雨水，向马路中间跑去。后面又有数人不约而同地跟了上来。他们迅速地手拉着手，人抱着人，在大街上组成一道人墙，拦住了大喊救命的人。

他们惊奇拦住的三个几乎裸体的人，奇怪地扭在一起，怎么也无法分开。众人只好把他们捧起来，快速送进急诊室。

急诊室内乱得像战争中的前线医院。

十二

台风过后被转移到市人民医院的王群和陈中经过多天的治疗，基本痊愈。王群没敢把自己在台风中的遭遇告诉远在法国的孟依，大笑着报平安，嘱咐她陪着臭小子玩得嗨点。

出院那天，他们路过医院小花园，碰到了坐在花园不锈钢椅子上画速写的尹少华，他的怀里窝着看他画速写的凯茜，身边站着看他画速写的王炳南和一位酒红色长发的靓女。

王群和陈中先看见他们。

他们也看见了他们。

双方都大吃一惊。

你们怎么在一起?

你们怎么会在一起?!

双方的眼神满是惊讶和好奇。

尹少华赶紧放下手中的画笔，站起来，双手在胸前搓着，急忙向老板解释他和王炳南的遭遇。

尹少华不安地问：老板，我是不是做错了?

王群说：人只有在睡觉时才不犯错误。又笑着对两个年轻人说：你们都很敬业，值得尊敬。

王群又拍拍尹少华的肩膀说：既来之则安之。所有医疗费用公司全部承担。身体健康最重要。

分手之际，王炳南趁机偷偷塞给老板一张字条。陈中顺手装进裤口袋。走了两步，又掏出来，当着王群的面打开，上面写着：王群要打通一个大领导的关节，已准备好送他一幅黄华欢的墨竹图。

他把字条递给王群。

王群看后仰天大笑，笑得身旁盛开的三角梅花瓣乱抖，落英缤纷。

一个月后，王群和陈中相约到医院看望张得一。张得一脱离危险后，也由妇幼保健院转院到市人民医院骨科病房。他身上多处开放性骨折，胳膊和腿不是内固定就是骨外固定。

王群亲自到医院斜对面的花店买了一个康乃馨花篮。

见面后，大家说了一些慰问、关怀、祝福、天气之类的应景话。

末了，王群告诉张得一，紫光建筑工程投标的日子定了。那时你应该出院了。

张得一满眼含泪，看窗外的蓝天，说：我选择退出。

陈中握住张得一的手，说：我和王老板商量了，咱们三家谁也不能退出。

王群说：商场本是英雄地，斗兽场，不是请客吃饭。

咱们公平竞争。王群斩钉截铁地说。

陈中说：王总，张总，实话告诉你们俩，紫光工程肯定是我的。

王群呵呵一笑：陈总，别把话说绝了。鹿死谁手，犹未可知。

陈中说：我有信心打败你们！

王群说：我是服输的人？咱们战场上见！

说着，握紧拳头，凌空一劈。

那造型，像一尊战神。

报春图

一

孟发财站在凤凰山深处一座林木葱茏的山脊上，右手食指关节蹭着鼻尖，空洞的眼神，看着去年和王局长共同相中的风水宝地。他忽然有种冲动，觉得一头撞死在石头上或是纵身一跃飞向蓝天，是一种甜蜜的享受。

脚下的山脊高高耸立，像龙头；身后蜿蜒不绝通向天际的山，像龙身。山谷里叮叮当当，有一条细流，长年四季，大珠小珠落玉盘地悠扬婉转。为了这块风水宝地，王局长特地花重金从香港请来风水大师调理鉴定，设计布局。香港大师拊掌赞叹，说，有了这块宝地加持，王局长财运亨通，万年兴盛；孟发财旺财生财，百世好运。孟发财抑制不住内心的激动，对王局长表示，他一旦赚够了钱，第一时间就要把这个山头买下来。他说，他要认真地打造两座高级阴宅，首先给王局长造，然后再给自己造。

当悲痛欲绝的他，试图享受一下纵身一跃那种甜蜜时，接到王局长的电话。

王局长的话，让他拿手机的手以帕金森的频率抖动，心里像海浪一样汹涌。

王局长大名王鲅，招商局副局长，孟发财的贵人。孟发财已经记不起是在猴年马月甲地乙方认识王局长的。他只记得王局长三年来给他介绍过九个太阳能工程，让他赚得盆满钵溢。他也按照行内的规矩，把丰厚的茶水钱奉上。他一直努力地巴结王局长，精心维护。他知道，像王局长这样的实权大人物，是他这种到城市闯天下的农民工打开世界上最先进的有源相控阵雷达都难找到的靠山。王局长是他的幸运神。

王局长说：刚接到通知，市政府已经同意给L大学无偿划拨八百亩教育用地，L大学要投资十五个亿，建新校区，住校人数：一万。

这么大的项目！

天大的钱袋子！

他手拍脑门啪啪响，连声大叫：妈呀！妈呀！我的妈呀！

他还攥紧拳头，像电影电视里的主人公，咬着牙，用力地对天耶了一声，把一肚子郁闷释放出去。

他对钱永远充满激情。

他右手食指关节蹭蹭鼻尖，把两条胳膊当翅膀，从山上飞奔而下。

二

孟发财已经郁闷了大半年。

他的公司，快五个月没工程做了，每天都在等米下锅。在公司等米，就是等死。

昨天早上九点钟他还开着宝马E46，来到遍是工地的西区，期望天上掉馅饼。他也知道这么做本身就是瞎猫寻死耗子。寻死耗子的时候，他最思念最牵挂的人就是王局长。无奈王局长公务在身，大半年出差在外，招商引资，忙得焦头烂额。他阿弥陀佛，唵、嘛、呢、叭、咪、吽，祈祷王局长早日归来，祈祷王局长能再给他带来几个大工程。有王局长的帮助，他成为千万富翁、亿万富翁，都不是个事。

转到中午十二点，馅饼没掉下来，肚子却咕咕乱叫，搞得他灰心丧气和不甘心。他关掉CD，古琴曲《雁落平沙》戛然而止。他虽然没有大雁之远志，也没有逸士之心胸，却喜欢《雁落平沙》。这点音乐爱好还得感谢儿子。老婆怀孕两个月时，为了不让儿子输在起跑线上，他和老婆就开始了伟大的胎教系统性工程，用音乐、古诗、对话、抚摸，科学地对老婆肚子里的小蝌蚪提供视觉、听觉、触觉等方面的教育，促进大脑神经细胞的增殖，最大限度地发掘智力潜能。他们期望能培养出来一个神童，一步踏入富翁的行列，不要像他这样为了生存煎熬。

他把宝马停在鸡啼门桥上，吊挂在后视镜上的老婆亲手绣的财神爷全珠绣满珠子十字绣挂件停止了来回摆动。他摇下车窗，左胳膊肘搭在车窗上，看着外面的风景。他犹豫是继续前行到市区回家吃饭，还是下桥向右拐去三灶或是向左拐上斗门随便在路边排档胡乱来一口，继续等馅饼。

他的手在眼前搭了个凉棚看天，没看见馅饼，只看见平沙上空的太阳，像刚捞上来的海鲜一样生猛。

他的右手食指关节蹭蹭鼻尖，最终选择右拐去三灶。那里有两个新开的工地，太阳能工程还在设计阶段。希望最能吊人的胃口。

肚子又咕咕乱叫，叫得心烦意乱。

余光朝右边一扫，扫见一家广发银行，他的心一动，一股无与伦比的亲近感情油然而生。

他扬起左手，毫不客气地扇了自己一耳光，脸上红出四道手印。他骂自己下贱。也不知道怎么回事，近些日子，随着公司业务的衰落，口袋紧张因素的增加，他金盆洗手前的某些特异功能，像撒在阴沟里的一泡尿，频频冒泡泡，还挥发出一股股令人激动的骚味。

他温生绝裾般地把目光拉回到柏油马路上。

目视前方，左手扶住方向盘，右手伸进口袋，摸摸里面还有几个钱。他认真地数了数，够吃一份快餐。

他想尽快找一家像样的饭店，先把最紧要的问题解决一下。

他轰了一脚油门，宝马E46暴躁地不满意地吼叫一声，喘了几下，提不起速来。它也饿了，它有两万公里没进4S店了。它和人一样，需要体检和保养。

车窗闪过一间叫信记的用蓝铁皮搭建的大排档。

他犹豫了一下，还是松开油门踩刹车，打个右转向灯，让宝马在一棵榕树阴影里缓缓停下。

大排档有六张桌子，只有靠近马路这张有空位。他拉过一把塑料椅坐下。

他习惯性地环视了一下四周，又不由自主地扫描了一下每个人的口袋，发现十多个人里面，只有三个人口袋里的还有点意思。最能让他的心怦怦跳动的还是收银台那里的钱袋子。

他立马感到羞愧，脸烧得冒烟。他把脸转到马路上。

一只流浪狗懒洋洋地晃过来，在他的注视下，卧在旁边，歪着头，认真地看他。

他清楚，它和他一样饥肠辘辘。他把目光移到一张大四开贴在墙上一小半耷拉下来在风中哗啦啦起舞的菜单，点了一份清炒牛河。

清炒牛河端上来，他埋头就吃，吃了两口，斜眼瞟了两下，流浪狗耷拉着长舌，流着涎水，眼巴巴地盯着他。

他鼻子一酸，眼眶发热，眼前就有点模糊。他抬手越过桌子上的辣酱和白腐乳，从已失去本色的塑料盒连抽出两张面巾纸，擦擦汪成一团的泪水，又擤擤鼻子。

他端起盘子，弯腰凑到流浪狗面前，拨拉出半盘清炒牛河，对它说：

咱俩一人一半。然后满意地直起身，等待它对他摇起感激涕零的秃尾巴。

它没做任何反应，大大的眼睛还是一动不动盯着他。

他又给它拨拉一点牛河，颤抖着声音说：别嫌少，吃吧，吃了就不饿了。

它仍然无视清炒牛河。它见他没进一步的反应，便高傲地正正脑袋，提起前腿，腰往高里直了直，抬起眼，当看清他的面前只有一个盘子时，放下前腿，轻蔑地哼了一鼻子，转身离去。

他恍然大悟。能在大排档混饭的流浪狗不是一般的流浪狗，它的胃口也是有档次的。他羞愧得浑身发抖，急忙低下头，风卷残云一般把剩下的少半盘牛河扫进嘴里，然后摸出钱，拍到桌子上，开着宝马，像偷了收银台那个丰富的钱袋子似的逃离大排档。

宝马E46缓缓前行，后视镜上的财神爷全珠绣满珠子十字绣挂件大幅度摇晃。

海风吹来，他眯着眼睛，沮丧地看远方。

他忘了两个新开工的工地位置。

他不知道下一步去哪儿。

王局长不在珠海这大半年，尤其是没工程这几个月，他经常像鬼子扫荡一样，把在建或已建工地，装修或准备装修的酒店，凡是可能会安装太阳能热水工程的地方，都掘地三尺。最终，因没有王局长的人脉资源保驾护航，他一无所获。这期间，他曾想过转行，逃出红海，奔向蓝海。这是所有企业家的梦想。梦想永远是梦想。现实不是谁想驶入蓝海就能如愿以偿的。这需要超人的能力或雄厚的资本。史玉柱能行，马化腾能行，他孟发财不行。但有一行他行，再回去做小偷。他是位有着二十年经验的资深小偷。在老家方圆十里的资源满足不了他日益增长的胃口时，他一路由黄土高原偷到了珠海。在珠海的第二年，他偷了现任老婆。那时候老婆在裕园鞋厂打工，一个月挣一千多元。父亲病了，凑了三千元，要寄回老家。丢了钱的小靓女跪在邮局门口，哭成了泪人。他心肠一软，物归原主，还倒贴了两千元。她感激得非要以身相许。于是，他俩就在一起了，还由性爱上升到了情爱，由同居转成结婚。她知道他的三只手毛病，她舍不得他。她劝他改过自新。他也思忖着要戒掉这个不雅的嗜好，过好人的生活。但关键时刻，手老是发痒。他骂自己没出息。又过一年，她为他生了个儿子。她说，不能让儿子有个小偷爸。他抡起菜刀剁了左手小指，果断地结束了无厨饮食，抛弃蹦迪、泡吧、上网，还有哈日哈韩装扮，理了个寸头，应聘到天峰太阳能公司，当了一名安装工。他心灵手巧，吃苦耐劳，很受老板王高峰的喜爱，没半年，就当了工程队小队长，领着四个小帅哥，风里雨里在楼顶上安装太阳能热水器，辛苦是辛苦，心不累，活得滋润。谁承想，后来，天峰公司被五险一金压垮了，他也因碍于同事的面子在告公司的状纸上签了个名，而让老板王高峰怒发冲冠。他失业了。在珠海生活了十多年，除了做小偷，他就只做过太阳能，别无所长。在近百位同行纷纷脱掉工装穿上西装当起太阳能公司老板的同时，在老婆的激励下，他也照猫画虎，打鼓升堂。一开始，还行，利用做售后服务建立的老关系，接了三个不大不小的工程，赚了一点钱，按揭贷款买了一间七十多平米的商品房，租了间有空调的办公室。闲暇时，三朋两友，吃吃饭，喝喝酒，打打麻将，洗洗桑拿，日子过得比预想的滋润。好景不长，他发现，原来十多家太阳能公司争夺的大肥肉，现在要一百家公司来分享，大碗喝酒大口吃肉的哥们儿竞争起来，个个豪情万丈，出手果断，眼皮子都不眨。

就在生意上眼看就无路可走时，天不灭曹，他认识了王局长。王局长接二连三给他介绍工程，让他赚了不少钱，让他开上了宝马车。他对王局长感激涕零。跟着王局长，他的梦想越来越丰富。他梦想过天天能挣回来一个大钱袋子；梦想过天上啪啪啪啪掉馅饼；梦想过办公室的电话丁零零响不停，接单接到手发软；梦想过四五个百万千万项目等他去投标，甲方的项目经理就是王局长；梦想过公司的银行账号哗哗哗如流水赛过前山河；梦想过三天两头看房展，两房变三房，三房变四房，四房变别墅；梦想过走进宝马4S店，围绕最贵的宝马轿车新车，看得心花怒放，举手拍板换车。

他拍着胸脯对王局长表态，我这一百多斤就是你的。

三

孟发财在拱北伙工殿给出差回来的王局长接风洗尘。

王局长吃着剁椒鱼头，继续说，眼下你跟紧具体承办的辛玲美，掌握住进度就行。

孟发财敬王局长酒，说，拿下这么大的项目，咱们是不是要先搞定一把手？

王局长一口干掉杯中酒，说：这个项目是我引进的。我进入情况最早，人事方面我都熟悉。你只要搞定了辛玲美，就不愁搞不定一把手。

按照王局长提供的信息，第二天，孟发财在银坑别墅区找到了L大学筹建处。筹建处租了一栋三层别墅，一楼是接待厅，布置得干净美观大方。前台后坐着个靓女，背景墙上有L大学的Logo，校大门，教学楼，图书馆，L大学本部的文字介绍。另两边墙和空地上满是L大学珠海校区的规划图、效果图、学术文化优势等宣传展板，周边还放置了一些绿色植物以及鲜花，烘托气氛。鲜花丛中设计了两个雅座，方便来客休息。打着招商局王鲅局长的旗号，孟发财由前台靓女直接引领到二楼。二楼是办公区，四室一厅，四室分别是两个部长室和两个会议室，一厅规划为员工工作区。

前台靓女敲开一间部长室，里面坐着一个长得像电影演员的靓女。

孟发财一眼扫去就中了电，嘴巴不自觉地张开，喉咙里冒出一连串无声的啊啊啊。

前台靓女说：辛部长，他是王局长介绍过来的。

辛部长示意孟发财在对面的沙发上坐下。

孟发财放在膝盖上的手攥得紧紧的，手心全是汗。

他对她涌起一股不顾一切的爱。

他傻傻地看着她，喉结上下剧烈运动，不停吞咽口水。

前台靓女递过一杯茶水，叫他一声，孟发财才惊醒。

他自我嫌恶。他拼命地校正自己的眼睛，让目光只分析辛部长的表情而不去欣赏她的靓丽。他用赚钱的激情，拼死压制对色的迷恋。他充分发挥业务人员的特长，努力和她套近乎。闲聊中，他了解到辛部长是筹建处的项目部部长，筹建处的第一把手姓边，和她是老乡，都是湖北人。

孟发财的心脏一阵狂跳。他突然想，眼前这个演员靓女，搞不好就是边主任的亲戚或是情妇，不然不会把这么大个肥差给了她。正像王局长说的那样，要搞定一把手，首先要拿下这位靓女。

他右手食指关节蹭蹭鼻尖，说：吉大九洲大道上有家楚天饭庄，湖北菜做得很地道。

她说，好几个搞土建的老板请我吃过，菜品还行，清蒸武昌鱼、沔阳三蒸、武当猴头、黄陂三合，制作精细，刀工不凡，配色讲究，我万万没想到在珠海还有这么地道的湖北菜。

他表示想请她吃饭，求她给个面子。

她说学校筹备工作刚开始，太忙，确实没时间。

她越是推辞，他越是感到她的重要。他知道想拿下L大学这个项目，他第一个要拿下的就是她。他要和她交朋友，给她“上帝”的待遇，把她当作自家人，用亲情友情打动她，自家人“好说话”啦。

他请不动，想让王局长出面。

王局长说，人情就像银行存款，要悠着提。

王局长建议他先慢慢接触，关键时刻他再出面。

他以为王局长对未来没信心，便大了大胆子表示，L大学这个项目利润，他和王局长对半分。

王局长说，我相信你，先拿下项目再说。

一连好几个星期，孟发财每天都去筹建处报到，还隔三岔五地制造一些个特殊的日子，给她送巧克力，送化妆品。

第六个星期的星期三，他从王局长那里打听到是辛玲美的生日。她终于答应去楚天饭庄吃饭。饭桌上，她收下他听了王局长的建议买的特别礼物后，他直白他想做L大学学生公寓的太阳能工程，请她多多帮忙，允诺事成之后，给她5%的回扣。

她说，她只是个项目部部长，没有那么大的能量，她能帮他的就是竭力向边主任推荐他。

孟发财说，这就是帮我最大的忙了。

吃水不忘打井人。孟发财特别强调，我是个懂得感恩的人啦。

你是王局长介绍过来的人，我肯定相信你。辛玲美说，边主任在北京还有一大摊子工作，很忙的。不过每个月他都要过来开一次例会。下个月的例会，我争取给你安排个时间。

孟发财千恩万谢。

四

一个月后的一个下午，辛玲美来电，说半个小时后边主任开完会，她能帮忙调整出十分钟的空闲。

跟着辛玲美来到三楼。三楼是边主任的专属办公楼层，有休息室、小型会议室、办公室。小型会议室里坐着三十多个人。辛玲美说，这些人都想做L大学的工程，在等待着边主任的接见。

边主任的办公室在三楼的主卧室。辛玲美敲了三下门，扭动门把手，打开门。边主任和一个土建老板谈话还没结束。辛玲美示意他先在靠近门口的一把仿明太师椅上坐下。

边主任的办公桌是海南黄花梨，临近窗户，透过窗户能看见大海。桌上安装有三部电话，一台红色的，一台白色的，一台黑色的。黄花梨办公桌后面墙上，挂着一幅量公的《泰山日出》国画，侧面墙上挂着两幅字画，一幅是启功的自作诗书法《北人惯听江南好》；另一幅是关山月的名画《荔枝图》。室内光线明亮充足，豪华大方，很有档次，很有文化，很有品位。

孟发财不由自主地瞟了辛玲美一眼。

辛玲美两眼平视笑容可掬地看着边主任。她下颌微收，挺胸收腹，脚尖分呈V字形，双手合起，放在腹前。

孟发财看得气都出不来了。

土建公司老板站起来，诚惶诚恐、点头哈腰地和边主任握手告别。

辛玲美把他介绍给边主任。

他急忙上前，在黄花梨办公桌上方，激动地握着边主任软绵绵像无骨一样的大手。

边主任用目光示意他在对面的椅子上坐下。

他刚坐下，又站起，双手递上名片，又坐回来。右手食指关节不停地蹭鼻尖。

边主任看着名片说：噢，搞太阳能中央热水工程的。我们学校的设计里有这部分。

孟发财说：需要边主任多多关照。

边主任说：辛部长专门推荐了你。不过，我得提醒你，竞争十分激烈。现在通过关系找到我这儿的，已经有二十多家太阳能公司了，还有五六家是市委市政府领导打招呼的。

孟发财说：我没有广泛的社会关系，也没有大领导帮忙。我在咱们学校除了认识辛部长，就是主任您了。我就靠您了。

边主任说：光靠我还不行，首先你们的产品要过硬，其次得有经济实力。投标是要用实力发言的。就像拳击，靠的是拳头。

孟发财说：请边主任放心，我们会按照学校的要求保质保量做好工程的。我自信我有这个能力的。我就听边主任的，边主任让我怎么干，我就怎么干。

孟发财向边主任要电话，边主任爽快地说出电话号码。他快速输入号码，第一时间触摸绿色键打出去。边主任的手机响了。他请边主任收藏自己的电话，以免被当作陌生电话拒接。

从边主任办公室出来，孟发财告诉辛玲美，他想请边主任吃个饭。她说，别着急，瞅机会，我来安排。

孟发财驱车来到招商局，向王局长讲了见边主任的情况。

王局长说，好好跟进。

王局长还说，现在拿项目，就是拼金钱。他建议孟发财多准备些钱，以备关键时刻用。

一次请辛玲美吃饭，闲聊中，他了解到边主任不仅仅是L大学珠海校区筹备处主任，还是教育家、博士研究生导师，还是有名的书画收藏家。

孟发财喜出望外。他说，王局长也是我们珠海有名的收藏家，齐白石、张大千、徐悲鸿、关山月、黎雄才，好多名人字画他都有。

他清楚，跑业务，最需要掌握的就是对方的个人癖好。抓住了这一点，就等于抓住了对方的命门。

面对边主任这位书画收藏家，他身后有王局长，他可以随时随地地从王局长手中买到边主任喜欢的字画。

这一仗，赢定了。他这么想。

他和她混熟了。但一请教她如何一下子搞定边主任时，她的表情显示她很为难，常常王顾左右而言他。

一个周末的中午，他陪她去远海垂钓，她终于给他一个建议。她说，边主任前些日子在九洲博物馆看岭南画派名家画展时，在关山月大师的《报春图》画前停留了半个多小时。她停顿了一下，盯住他说：边主任是看上了那幅画了，如果我是你，我会毫不犹豫地买下那幅画，送给边主任。

她见他没反应，把目光放到海上，继续说：以我对边主任的了解，只要他收下你送的画，工程肯定是你的。

他急问：那幅画还在吗？

她说：在，展览还有多半个月呢。

她沉吟了一下，又说：不过，那幅画有点贵，怕你舍不得。算啦，权当我没说。

他脱口而出：俗话说，舍不得孩子套不住狼。

话出口，他又觉得不妥，脸红得像猴屁股。

他把她送回银坑L大学筹建处，第一时间赶到九洲博物馆，一看《报春图》标价，目瞪口呆：四尺对开，四平方尺，五百六十万。

他在《报春图》前站了一个半小时。

这天晚上，他失眠了。

五

辛玲美打电话，说边主任让她转告，学校的太阳能准备投标啦，请他做一份太阳能工程设计方案，按一万二千平米来做，要拿给招标公司做参考。

孟发财大致一算，一万二千平米太阳能，按市场中间行情，每平米赚八百元，就是九百六十万，一多半利润都让边主任拿走了。真黑呀！如果按市场最高行情，每平米赚一千元计算，他就能赚到一千二百万，边主任的画也就占利润的一半，还说得过去。他不甘心，好不容易到了嘴边的大肥肉，岂能像云一样轻轻飘过？不行，他要按每平米一千五百元去赚！利润就是一千八百万。一千八百万啊，对于一幅五百六十万的画来说，算个啥！边主任让这样做吗？他会这样做吗？他要想办法让他这样去做，要不还叫啥做业务。

他给王局长打电话。

王局长说羊毛出在猪身上，按最好最贵最赚钱的方案做，每平米赚他一千五百元。

天价！他快乐得要把山笑倒了。

用了五天时间，他拿出了一份相当有水平的L大学学生公寓太阳能中央热水系统设计方案及报价。他听王局长的话，报最高价。

三天后，辛玲美给他打电话，说：边主任对你做的方案和报价很满意，一字没改就交给了招标代理公司。

他忐忑的心放下来一半。

他佩服王局长，一次无意中对辛玲美说，姜还是老的辣。

辛玲美说：王局长好像比你年轻很多。

孟发财一愣，自嘲地笑笑说：我指的是经验老到。

他请她吃饭，向她探底。她说：多少钱中标，谁家中标，还不是边主任一句话？接着又问：你承诺的5%还算不算数？

他又一次坚定地承诺。

她又说：不光你一个人知道边主任喜欢关山月的《报春图》，深圳嘉普通、东莞五星、中山红日、北京四优普都在打这个主意。

她叮嘱他，你要把握机会啦，不要错失良机啦。

宝马E46在孟发财屁股下狂飞，财神爷全珠绣满珠子十字绣挂件前后左右剧烈摇晃。当车在九洲博物馆周围找到停车位时，他看看手表，已是下午四点半。离闭馆剩下半个小时，大门让出不让进。

晚上躺在床上，孟发财满脑子都是关山月的《报春图》。他不停地把存有二百三十万的银行卡拿出来，翻过来倒过去地看了又看。他就这么点现钱，他不知道短缺的三百三十万到哪里去找。他顾不了那么多。他想着如何说服展览会举办人，同意把二百三十万元当作定金，给他留着《报春图》。能不能拿到这幅画，直接关系到他能不能中标L大学太阳能工程，关系到他后半生能不能过上有钱人的生活，关系到他的父母能不能显达尊贵，关系到他儿子能不能成龙变凤。天刚蒙蒙亮，他就忽地爬起，简单洗把脸，刮刮胡子，饭也顾不得吃，开上车直奔博物馆，站在大门口等开门。十点钟，展览开门。展览举办人迟迟不露面。直到十一点，一头长发一身唐装的展览举办人，才在众保镖的簇拥下浩浩荡荡地出现。孟发财跟在唐装后面，发挥业务人员的全部才能，花了近一个小时，说得口干舌燥，才让对方让步，同意先收下他的二百三十万定金，余下款项，一星期内付清。

海风从树梢掠过，马路上一片树叶舞动的阴影。孟发财在阴影下哼着小调，一步一步向巨大的财富迈进，辉煌在前。

六

他开始马不停蹄地筹钱。

他跑到中电大厦的小额贷款公司，把自家两套商品住房抵押了，本来能贷一百八十万，办手续时，老板斜眼看看他，改成了一百一十五万。

他说：说好的一百八十万。

老板说：你这房子地理位置不好，再说年代有点长，你还不了贷，我们不好出手。

他说：我这是学区房，房价天天涨。

老板说：主管部门又在打压房价，后面的事不好说。

他说：我不贷了。

老板说：给你贷一百一十五万我也是冒着很大的风险的啦。再说，你的房子只是抵押，你赚了钱还给我，房子还是你的。

他觉得对方说得有道理。

办完房贷，他立即到二手车市场，卖了宝马E46，得到四十万。交车时，他把财神爷全珠绣满珠子十字绣挂件从后视镜上摘下，放进包里。

筹到了一百五十五万，加上存款二百三十万，计三百八十五万，还差一百七十五万。

他按事先的规划，找到王局长。

王局长惊呼：你就这么点家底，还敢在珠海混!

他一把抓住王局长的手，像抓救命稻草，力道稍稍有点大。

王局长被抓疼了。

他赶紧松手，对王局长不好意思地一笑。

他耐心地给王局长解释他的家底为何不够丰厚。

他的诚恳像一只化学灭火剂喷入王局长熊熊燃烧的怒火中，慢慢燃烧停止了。

王局长手指敲着桌面，抬起眼皮，问：你没到亲戚方面借?

他说：亲戚处这几天电话都快打爆了。

我要结果。

能凑六十万。

你老婆家的亲戚呢?

我老婆已经回家去借了，昨天还来电话，应该能凑三十万。

还有你在珠海这么多年结交的朋友呢?

这是我下一步的工作。

亲戚处凑六十万，老婆娘家借三十万，这就九十万了。你在珠海那么多朋友，一个朋友一万两万三万五万的，再凑八十五万没什么问题。

我也是这么想的。

王局长笑着对他说：好人做到底，送佛上西天。这样吧，你先努力去借，我这里先答应你十万。你知道，我们这些公务员，也是穷得叮当响。

孟发财知道王局长在撒谎。他用余光扫视了一圈，判断出王局长办公桌中间那个抽屉里躺着四个大信封，鼓鼓的，二十多万的数目是有的。右边的大抽屉里塞有一个大的黑塑料袋，里面是九捆银行打包的钱，一捆十万，九捆就是九十万。左边的抽屉里也有钱。

他不敢往下看了。

他的心发痒了，他怕手跟着发痒。

七

夜深了。老婆哄孩子睡觉自己也睡了。客厅墙壁上摇动着罗汉松的阴影。

隔着窗户能看见情侣路边柔和的路灯沿着香洲湾亮成一串优美的弧线。

孟发财光着膀子，穿着大裤衩，趿拉着一字拖鞋，严肃地坐在沙发上。面前摆着一张A4纸，一支签字笔，一部手机，一个计算器，一套工夫茶具。他喝着茶，翻看着手机上的联系人，不时拿起签字笔，在A4纸上写下一个名字。三个小时过去了，纸上已经排列着一长串人名字，整整一百人。这是他几年来建立的朋友圈中比较谈得来，有交情的人。L大学项目的成败，取决于这朋友圈里的一百人给不给力。他按照有钱的和没钱的，把一百人分开，结果，有钱人占了80%。到底是珠海特区，有钱人就是多。这让他低落的情绪涨潮一样澎湃起来，前景相当乐观。接着，他对八十个有钱人进一步细分，资产在五千万以上的人列为一级，涂上红色，十三人；资产一千万以上的列为二级，涂上橙色，二十六人；资产在五百万以上的列为三级，涂上绿色，三十七人；剩下的四人资产和他的差不多或是不如他的就直接Pass掉。

他右手食指关节不时蹭蹭鼻尖。

他把涂了色彩的七十六人进行深入的分析，肯定能借钱给他的，打九十分；经过做工作能借钱给他的，打七十五分；苦口婆心说服后能借钱给他的，打六十分；把天说得塌下来恐怕也难以借钱给他的，直接把他们Pass掉。三个小时后，七十六个人剩下了二十九个人：得九十分的八人，得七十五分的十人，得六十分的十一人。

为了安全保险，避免盲目乐观，他对二十九人又进一步分析，最后筛选出十六人作为第一轮攻关目标。这十六人中，资产在五千万以上的一人，一千万以上的九人，五百万以上的六人。

他抬起头，伸伸懒腰时，才发现窗户玻璃上已涂满早晨的阳光。

他没有丝毫倦意。他感到全身发烫，四肢充满力量。

他站起来，活动活动胳膊腿，喊老婆赶快做饭。

放下碗筷，他先给资产五千万以上的王老板打电话。

王老板在吉大豪华办公室接见了他。

王老板的热情，让他喜出望外。他觉得以王老板的热情，他一张口，很可能一下子就把他八十五万的缺口填上了。

八十五万对他来说现在是压力山大，对王老板来说，那是九牛一毛。

茶过三巡，王老板问他最近在哪儿发财。

他把L大学太阳能工程项目的事详细地说了一遍。

王老板认真听着，不断地点头。

听完，王老板拍着孟发财的肩膀说：这个项目是我近两年来听到的最好的项目，一定能赚大钱。

王老板又给孟发财续杯茶，说：老弟啊，这是你在珠海发家的最佳机会，难得难得，十分难得啊。我真为你高兴。你一定要想办法把这个工程拿到手，不然对不住自己。

王老板拿过计算器，帮他算了算工程的利润。应该有五六百万！王老板拍着欧式沙发扶手说。

孟发财两眼放光。他激动地点点头，只多不少！他没敢告诉王老板他能赚一千八百万。他怕吓着了王老板。

他说：这个工程我中标没什么大的问题，现在主要的问题是边主任看中了关山月那幅画，只要把这幅画给边主任送过去，中标是分分钟的事。

王老板又拍了一下欧式沙发扶手：那你还不赶紧送上去。

孟发财说：我这几天就在忙这件事。

有什么困难需要我帮忙，说话。

孟发财说：正是有事求你。

他说出了借钱买画的事。

王老板猛地一拍沙发扶手，埋怨孟发财：哎呀呀呀呀，这么大的事，这么重要的事，这么关键的事，你这个人，你这个人，咋不早点给我说呢?

王老板不给孟发财回答的机会，继续说：哎呀呀呀呀，你要是早点说，这么点事它根本就不是个事。你今天才来……唉，晚了一天，晚了一步，这根本就不是个事的事它也就成了个事。

孟发财不解其意。

王老板身子往后一靠，说：你不知道，华发新城第六期昨天开盘，我小舅子中了签，我手头上仅有的六百万现金，全让我老婆借给我那个讨吃鬼的小舅子了。你要是前天说就好了。不就是八十五万吗，洒洒水啦。咱俩是老乡，出门在外，老乡不帮老乡帮谁去？

孟发财失望地从王老板办公室出来，站在路边红地砖人行道上，掏出那张A4纸，看红色标记中的人。涂着红色的龙飞云的公司就在不远处的水湾头，走路过去，也就十多分钟。

龙飞云的秘书把他带进二楼办公室。办公室很奇特，像猎人的战利品陈列室，有牛头、熊头、马头、藏羚羊头、狼头、梅花鹿头。

龙飞云听清孟发财的来意，说：你知道，我家向来都是我老婆做主。

他沉吟了片刻，说：这样吧，我带你见我老婆。

龙飞云的老婆叫刘信，比他小十三岁，喜欢红酒。经常和一帮同行，带着自个收藏的红酒，聚集在度假村，谈天说地，歌剧派对，乳沟哈佛，谈笑粪土当今万户侯，典型90后。

他们来到度假村，龙飞云的老婆刘信喊服务员加两把椅子、两套酒具。

孟发财跟着龙飞云，和每个人打个招呼，又应酬地喝了几口酒，只觉得酸酸的。龙飞云告诉他：这是小拉菲，一瓶好几万。他不懂红酒，品不出好赖。

紧靠龙飞云旁边的一位靓女继续刚才被打断的话题，说：这次股灾和救市，是中国改革开放以来最大的一次行为艺术，上亿人主动参与，十几亿人被动参与，波及几十亿人。

刘信左边的帅哥说：抓进去一个救市首领，几十位投行高管被调查，数千家配资公司被碾平，数百万交易人彻夜难眠，数千亿期货市场残废，数万亿的杠杆市场玉碎，数十万亿账面财富灰飞烟灭，大历史由小人物造成。

靓女显然不愿意说这个话题，她扭头问刘信：你那几个月净值还行？

刘信回答：屌！十年声誉，毁于一旦。

靓女说：我就不懂了，你为什么要满仓死扛呢？

刘信答：没辙。你不懂我，我外表平静似水，骨子里却是冲动型的人。我和你们不同，你们只懂股票，我是既做过债，也做过股，还做过外汇。

和刘信隔着两个人的一位帅哥问：你当时也在期货市场做空吗？

刘信答：当然做了一点空。那是一辈子一次的交易高峰，每天四万亿。全国所有期货交易人都在。每天就是开赌，搏命。我一放空期货，就赶紧卖股票，市场联动啊，很多人都这么干。所以，期货用不了多少钱。当时没有人敢买现货，所以跌停好做，敢做。想想，期货跌停都敢持仓过夜，好年代啊，大时代啊。

帅哥问：那你就是幕后黑手？

刘信回答：不能这么说，我还是小资金。当时，所有人都这么做。真的。你不跟着做，就是一个死。和市场对抗，有什么可能活下去？

帅哥又问：下一步怎么看？

刘信品了一口酒，说：准备搞点钱去香港。我个人买点仙股，等买壳，我有内幕消息。

孟发财听出来了，在龙飞云身上借钱没戏。从度假村出来，他和龙飞云握手告别。想想没地可去，就一个人踱步来到九洲港，站在海边，看着黑黑的海面，听着哗哗的波涛声。他突然觉得，头往下一扎，随海浪而去，烦恼全无，兴许是个好的选择。

这天，他在海边坐了五个多小时，才鼓起勇气回家。

第二天，他早早就来到打九十分的任老板公司。任老板搞土特产，生意很稳当。

任老板不在办公室，办公室靓女小张说老板昨晚肯定又打麻将了，现在应该还在家里睡觉。

孟发财来到任老板住的金域廊院。任老板家的太阳能热水器是孟发财安装的，几年来，售后服务一直做得很出色，任老板很满意。任老板穿着睡衣给他开门。任老板家门上了三道锁，他不慌不忙地专心地打开每一道锁，第一道锁是用钥匙开的，第二道锁是指纹锁，第三道锁是密码锁，花了足足一分钟才开了门。

三道门锁的秘密撞墙似的往孟发财脑子里钻。他想，银行金库的大门也不过如此。

任老板以为孟发财是来搞售后服务的，他说太阳能这些天很好用，有问题我会给你打电话的，还麻烦你专门跑一趟。

屁股在客厅沙发坐下后，孟发财说自己正好路过，好长时间没见任老板了，过来看看。

任老板问：孟老板又在忙哪个大工程？你是赚大钱的人，不像我，一分两分地在鸡屁眼里抠钱。

孟发财便把L大学的太阳能工程项目简单地介绍了一遍。

任老板对孟发财大倒苦水，说自己这两年手头十分紧张，先是老爸要在老家盖房，花一大笔钱，接着老丈人又癌症住院，老人三个儿子没一个人管，他只好孝敬，花得家底朝天。任老板说：我现在是王小二过年，一年不如一年。

把孟发财借钱的话堵在嘴里，没法说出来。

两人又闲聊了一会儿。任老板说：孟老板，过了这两年紧张的日子，再缓缓，什么时候工程上钱紧张时来找我，别人可以不借，你我肯定会借。

把孟发财送出门，握握手。孟发财刚进电梯，就听见任老板关上了门，很认真地把三道门锁一一锁好。

来到九洲大道，看着对面辉煌的富华里小区，孟发财发呆。

他踽踽独行，人行道上响着他孤独的脚步声。

他掏出A4纸，打了五个电话，只通了一个。

他按约定来到邵权家。

邵权刚烧开水，听到借钱两个字像是触了电一样，腾地跳起来。他看了孟发财一眼，扔下手中还没来得及往茶壶里放的茶叶，起身进了卧室。出来时，手里拿着一万元钱，塞给孟发财，说：你先拿着。

孟发财右手食指关节蹭蹭鼻尖，小心翼翼地说：我缺八十五万。声音小得像苍蝇飞过，似乎怕惊着邵权。

邵权很实诚地说：我很想帮你。可我力不从心。

孟发财恳求道：能不能多借点？项目一完，我马上就还你。

邵权说：咱俩是啥关系？有钱你不还我也借给你。刚来珠海那会儿，要不是你，我哪能立脚？

邵权把钱拍在孟发财手里，说：别嫌少，救救急。

他想往外推，手却攥紧了钱，有总比没有强。

他把钱塞进文件包。没有钱的羁绊，俩人间的气氛顿时活跃起来，友谊的小船又像往日一样碧波荡漾。

邵权建议孟发财改变思路，别想着借大钱，就三千五千万儿八千地凑。咱们那么多工友，十个人不行，就二十个三十个五十个，一定能凑够。

回到家，老婆和孩子已经睡了。孟发财坐在客厅的沙发上，他撕碎前两天精心筛选的涂了色彩的十六人名单，又取出一张A4纸和一支签字笔。他抛开朋友圈的老板们，在A4纸上又列出一长串人名单，都是以前和他一起给王高峰打工的工友。整整五十人，其中有三十五个跟着他干过。

他马不停蹄地跑了两天，意外地凑了三十四万，还缺五十万元。

八

这天晚上，孟发财从梦里起来，漫步到街头，鬼使神差地来到王局长所在的招商局。

他绕着招商局大楼信步走了两圈，就沿着大楼外的排水管道上到了三楼。他在王局长办公室门前停住脚步，从门玻璃渗出来的幽暗的光照着他疑惑犹豫的脸。他阻止不了手指头钻心的发痒，无意中就熟练地在黑暗中寻到了门锁的位置，左手的四个指头从口袋里抖抖擞擞掏出个东西，随意地鼓捣了几下，门锁竟然痛快地开了，还打开一条足以让他通过的缝隙，仿佛它早就量好了他的尺寸，等待他随时进去似的。他很为自己的行为脸烧。他想再把门锁上，扭头回家睡觉，两条腿却不由自主地轻车熟路地之字形地溜了进去，直达目标。他十分专业地打开右边锁着的大抽屉，伸手一摸，哗啦一响，黑塑料袋还在，再一摸，数一数，不错，里面有九捆银行打包的十万元一捆的人民币。他很佩服自己的火眼金睛。他顺手一拎，一捆人民币就跟着他的四指出来了，那感觉就像儿时顺走小贩的冰糖葫芦。他流口水了，忍不住又一伸手，又出来一捆。他惊讶他的手这么地轻车熟路，像掏自家的腰包一样。当手第三次出来时，竟有两捆火红火红的人民币热情地迫不及待地跟着跳出来。啊哈，这些可爱的宝贝，一定是在黑暗里待的时间太久了，憋得慌，要出来见见阳光。他有好生之德，他有菩萨心肠，救人一命，胜造七级浮屠。他可怜它们，他不想委屈它们，他满足它们要见阳光的美好愿望。他的手第四次伸进去时，他叮嘱手，最多只拿一捆。谁知出来时，鬼使神差，又多了一捆。他想放回去，一犹豫，心软了。第六捆人民币和他的手接触的一瞬间，产生了难舍难分的深厚的兄弟情谊。他思考片刻，最后还是缓缓让四个指头向里攥了攥，让第六捆十万元和刚出来的五捆结伴而行。剩下的三捆人民币，他没动。他倒不是怕王局长不高兴，他知道王局长聪明绝顶。他只是于心不忍。他深情地摸摸黑塑料袋，温柔地说，请转告王局长，我是借，暂借，暂借，不错，只是暂借。中了标，赚了钱，我第一时间如数归还。君子一言，一口唾沫一个坑。

他一转身，看见老婆在天上怒视他，急忙双手合十，说：对不起，老公出此下策，迫不得已，纯属无奈。我也是为了咱这个家，也是为了咱儿子以后能有个好日子、好前程。

他举拳对天，说：中了标，赚了钱，我绝对会重新做回一个有道德有情操的好人。我对天发誓！我以我儿子的名义发誓！

他沿着大楼外的排水管道下到地面，四肢都快僵住了。

他觉得背后冷飕飕的，有只老虎张着血盆大口，要吞噬他。

他惊慌地一头钻进景观树丛，猫着腰，蛇行前进。

老虎不屈不挠地在后面追他。

老虎鼻孔的粗气，直喷到他的后脑勺。

他脑后的头发根根倒竖。

他哆嗦着两条腿拼命地狂奔。跑啊跑啊，终于跑到马路上，跑到灯光下，跑到巴士站。

他扭回头看看。张着血盆大口的老虎没了。

他蹭蹭鼻子。心脏在胸腔里翻江倒海。

他一屁股坐在不锈钢座椅上，闭上眼睛，脸色一片死灰。

不知过了多久，一辆巴士荡过来。

他也没看是几路车，就爬上去了。

靠着塑钢椅背坐下，他像刚拉出来的一堆大便。他目光迷离地望着五光十色的不眠之夜，脑子里一片空白。他头枕椅背，三摇两晃，就无比轻松地进入梦境。

等他恍然醒来，已经是车水马龙的新的一天。

他正坐在小区大门口的排档前的一把塑料椅子上。

店家过来热情地问，老板吃点啥？

他沉着地用手摸摸装在包里的六捆宝贝，又用手搓搓麻木的脸，笑着要了一份加鸡蛋的肠粉。吃完最后一口，他才听见头顶的塑料遮阳伞上砰砰地响，细一看，原来天落雨了。他扶着椅子，用了一分多钟站起来。看看天，也不管雨不雨的，就往小区走。刚进小区，雨就停了。阳光把他的身影一会儿拉长，一会儿缩短。他觉得他不是他，他就是马路人行道上的一个飘飘忽忽的影子。

他还没有从精疲力竭中缓过来，气在肺部打转转，腿重得像拴了一辆没有轮胎的二手车。他艰难地迈动着两条腿，一分钟走不了两步。

他真的不想走了。

他盼望老婆就在眼前，他爬到老婆的身上，老婆把他背回家。或是就地躺在马路边，好好睡一觉。

他抬抬眼皮，没抬起，倒是风把头发吹竖起来。

九

交了五百六十万，拿到画的那一刻，孟发财肾上腺素飙到了顶点。

他太激动了，幸福的眼泪止不住地沿着脸颊哗哗流下。

五百六十万换一千八百万，天才的交易！巴菲特的水平！

跑出九洲博物馆，站在铺天盖地像一把绿色大伞的榕树的阴影里，他第一时间给王局长打电话。他还用舌尖从里面顶起脸颊，对着十公里外的王局长做了个滑稽的鬼脸。

和王局长通完电话，他惊奇自己竟然没有羞愧感。他高高扬起四个指头的左手，想狠狠扇自己两耳光。左手即将挨住脸颊时，轻轻地垂下。他有点舍不得自己的漂亮脸蛋。

他想，王局长是他的幸运神，是他的救星，没有王局长就没有他的今天。L大学后面的投标，还需要王局长从中周旋。

最后，他朝地上吐一口唾沫，把自己臭骂了一通：忘恩负义，数典忘宗，以怨报德，过河拆桥，猪狗不如。

他告诫自己，一有了钱，就先悄悄地把借王局长的六十万元还回去，不，要还回去八十万，一百万。

他发誓，下不为例！

人要有良心啊。他看着景山路飞驰的车流，郑重地告诫自己。

L大学中标后一定要做回好人。他对地发誓。

十

L大学太阳能工程就是他盘中餐，囊中物。在等待购买标书期间，老乡聚会，他第一次理直气壮地用现金买单。有王局长的十万元垫底，什么样的场面他都能应付。他计算过了，拿下L大学太阳能项目，能赚一千八百万！除去还王局长和亲朋好友的钱，余下的，老婆要进一步改善居住条件，他立马行动，陪老婆参加房展，预订新房。他想坐豪车，立马奔向车展，盯上了宝马740Li。结婚时，没给老婆买高档礼物，眼下时兴“鸽子蛋”戒指，他立马到周大福选钻戒。

他梦见自己开着宝马740Li，拉着老婆，风驰电掣地在情侣路上兜风。

海浪为他鼓掌加油。

十一

一天，孟发财去三灶机场送辛玲美北京来的朋友，回转时，肚子咕咕地叫。他右手伸进口袋，摸摸，里面鼓鼓的，有上万元。他想起了那间叫信记的大排档，想起了那条对他不屑一顾的流浪狗。他笑了。他拍拍鼓鼓的钱，让的士司机调头赶过去。

信记大排档还是六张桌子，还是只有靠近马路这张有空位。他像上次一样，拉过一把塑料椅坐下。他抬头寻找那条流浪狗。流浪狗也看见了他，懒洋洋地晃过来。但它没认出他，在他旁边卧下来，歪着头，认真地看。

嘁！他想也没想，就大喊叫了十份广东红烧猪蹄膀，一股脑全倒在流浪狗面前，乐呵呵地说：吃吃吃！撑死你！

流浪狗感激涕零地看着他，四条腿奴颜婢膝地弯曲着，秃尾巴摇成了风火轮。

他笑了，笑得大海都跟着澎湃高唱。

他没有给自己来一份清炒牛河。他要回市区吃大餐。

他站起来，满足地走出信记大排档，一边走一边回头看吃得热火朝天的流浪狗，脚尖被路牙绊了一下，身体失去平衡，一头撞在新栽的榕树上，头昏眼花，疼得嘴咧到耳朵根。

妈的！他手脚并用，从地上爬起，朝地上吐口口水，愤怒地蹬了树一脚。

树在阳光下剧烈摇晃，树叶哗哗作响，树影在水泥路上跳舞。

十二

光顾了胜利后的喜悦，忘却了胜利前的黑暗，孟发财坐了一次过山车。

买回标书，一看，傻了。老司机的他忘了投标还要交保证金。L大学太阳能中央热水工程项目的投标保证金是三十万。

孟发财大叫了一声妈，瘫在办公室的沙发上。

他脸色苍白，像从冰箱取出来的冰块。

冷汗从额头冒出。

右手食指关节不住地蹭鼻尖。

后脑勺咚咚咚地响，像敲丧钟。

他在办公室蜷缩了三天，没吃没喝，没拉没尿。

这是他死不瞑目的三天，挖空心思的三天，呕心沥血的三天。他从厕所想到宇宙飞船，从南极冰盖想到撒哈拉沙漠，从缩头鱼虱想到地心人，从珠穆朗玛峰想到马里亚纳海沟，从茅台酒想到农夫山泉，天马行空，什么都想到了，就是想不出钱从何来。即将到来的投标让他感到无比的恐惧和绝望。积聚在体内的眼泪终于像山洪一样暴发。他趴在沙发上，哭得死去活来。

哭干了眼泪，心情反而轻松了许多。

这天，带着黑眼圈和黑印堂的他，拖着两条没有骨头的腿在海上生明月时走出办公室，回到家。

老婆在看电视，儿子已经上床。看见爸爸，光着身子的儿子扑过来，吊在爸爸的脖子上，缠着爸爸讲故事。他在儿子身边躺下，理理思绪，讲喜羊羊和灰太狼，讲着讲着，故事里就有了钱，就开始借钱，借钱，天上地下借钱，动员儿子到他的朋友圈里借钱，最后还动员儿子把房卖了，把车卖了，把自己也卖了，把能卖的东西都卖了，把卖回来的钱借给他去交投标保证金。

儿子听得心惊肉跳，大叫：妈，爸要卖我！

功夫不负有心人，他终于想到了一个钱的来路，不过眼前还只是个希望。

这个希望就是他以前的老板王高峰。王高峰光芒四射地坐在天际高远处的云端，对他微笑，向他招手呼唤。

他内心涌出一股催人泪下的热流。

他激动地跪在地板砖上，到茶几上抓住手机，汗顺着脸颊滴答到屏幕上。

他看准手机上的人名和号码，大拇指动了好几次，都没拨出去。

他没勇气拨打这个电话。

五年了，好像是为了今天，他才没把他的手机号码删除。

他把空调温度调低到十六度，脸上的汗还是一个劲地往下淌。

他看着号码，喘着粗气。

他喝了三泡茶水，电话还没打出去。

他从酒柜里拿出一瓶二十年老白汾酒，拧开瓶盖，闷了一大口，觉得还不行，又闷了一大口，呛得咳嗽起来。

最后，借着酒劲，他才拨出了电话，一边听彩铃顿挫抑扬，一边又企盼对方不接电话。

对方真的没接电话。

他懊恼地把手机扔到沙发上，双手托着下巴发呆。难道自己就要倒在这三十万的投标保证金面前？这不是三十万，在它后面紧跟着的是长长的辉煌的一千八百万！难得的机遇啊。天上掉下来的馅饼，千年一遇。难道就眼睁睁地看着它从自己鼻子底下大摇大摆地金鼓喧阗地哗哗哗地流走？

他不甘心。

为了这一千八百万，现在就是王高峰拉下一泡热屎让他吃，他都有可能一口吃下去。不就是打个电话吗？不接又能怎样？打过去接了，就有希望，不打，连个希望都没有！他直起身，又倒了一杯酒，喝下去，再给自己壮壮胆，把电话拨出去。对方还是没接。

他伸手擦一把满脸的汗。

耳边不时响起深夜的脚步声和海轮的汽笛声。

第二天，晕晕乎乎，他清醒过来时，发现自己前面就是天峰公司。

太阳隐藏在云后面，他站在云的阴影中。几片迷途的杧果树叶在马路边随风瞎跑。一张失去主人的传单在空中翻飞一会儿，便一头撞到一辆奥迪车的风挡玻璃上。车停在公司右侧，一看车牌，是王高峰的车。他一下子又气馁了，一米七六的汉子，萎缩成武大郎。他在门口像狗一样转了一百多圈，和内心的恐惧搏斗较量。他想进门又不敢进门，不进门借不到钱，进门又怕像狗一样被打出来。王高峰脾气上来了，会做出这种事情的。

太阳从云层里钻出来，一步步爬高。

十点半，他还在奥迪车旁转悠。

猛地，他停住脚步，目光盯住路边的杧果树，看米黄色的杧果花密密麻麻簇拥在枝头，看蝴蝶上下翻飞，看蜜蜂在花丛出出进进，随着一只小蜜蜂，他钻进王高峰办公室那幅量公花鸟四条屏，因为他第一次进王高峰公司，就感觉花鸟四条屏的不同寻常。不过，那一次，他的手没痒，一点痒的意思都没有。他的左手小指不能白丢，他不能让儿子背一个有个小偷父亲的污名。他把保险柜在他的意识里屏蔽掉。此时此刻，保险柜莫名其妙地跳到他眼前。他的心一下子成了万花筒。他蹲在奥迪车旁见不到人的隐蔽处，抱着头，把脑袋都想炸了。终于他拿定了主意，先礼后兵，向王老板借钱，只要王老板肯借，他就跪下磕头。不借，晚上再悄悄来借。没办法，他确实是走投无路，黔驴技穷了。不过他是借，借的是要还的，L大学工程中了标，赚了钱，第一个先还王老板。

他右手食指关节蹭蹭鼻尖，对天对地对关公对老婆对儿子发誓：这绝对是最后一次犯浑，事成之后，绝对要做一个真正的有道德有情操有爱心有风度的好人。

拿定了主意，他的心轻松了，脚板硬了，脸皮也厚了，直接推门而入。

阿秋站在前台，拦住了他，说王总不在。

他说我看见老板的奥迪停在门口。

阿秋说，我早就看见你在老板的车前转悠。

又说，停在门口又能咋？不在就是不在。他可以出去谈业务。

看得出来，阿秋是真的不让他上楼见王老板。

他环视了一下一楼展厅，再一次确认晚上的进军路线。

这是被逼上梁山啊。

他向阿秋笑笑，扭身正要出门，王高峰从门外进来。

孟发财一愣，吭吭哧哧了半天，才叫出老板两个字，双手不安地相互搓着。

哦，发财啊。找我？

是是是是。

上楼吧。

坐在王高峰对面，额头的皱纹挤成一团，他把手皮都快搓掉了，才开了口。他向王高峰道歉，说当初他不该跟着起哄，向市劳动监察大队告状。

王高峰说，不瞒你说，我当时恨你们，杀你们的心思都有。我对你们那么真诚，工资开全行业最高的，你们不感恩却反过来告我。你们进公司时咱们不是都说好了，你们要上五险一金，公司就给你们上，你们不上，公司把钱发给你们，你们自己上，最后，你们把公司给你们上五险一金的钱领走了，返回来又告状要公司给你们补缴。太损了！

孟发财脸发烫，他把头放到裤裆间，他说：现实已经教训了我们，惩罚了我们。我在天峰干了十多年，你了解我，我没有坏心眼。在珠海，我有困难，没有第二个可找的，我第一个想到的就是你王老板，我只能来找你，求你帮忙。你不帮我，谁帮我？

啥事？

就是L大学的太阳能项目的事。

值得一搏。

我一直在搏。

好啊。

可是，我，我，我万事俱备，只欠东风。

诸葛亮的东风？

三十万投标保证金的东风。

哦。我听说有六十多家公司买了标书。

是。

竞争激烈啊。

我胜券在握。

愿闻其详。

孟发财详细地把和王鲅局长、辛玲美部长，以及给边主任买画送画的事细细讲了一遍。

王高峰笑着说：你小子下了真功夫。既然你都做到这份上了，我就不参加投标了。保证金我可以借给你。

孟发财身子前倾，两腿发软。他想跪下去给王高峰磕三个响头。

他请王高峰吃饭，哪儿好去哪儿。

王高峰说，先忙你的大事，中了标再请我吧。

离开王高峰办公室时，他的余光不由自主地扫了一下墙上的花鸟四条屏。

他五味杂陈。

走上马路，右手食指关节蹭了蹭鼻尖，左手狠狠扇了自己一耳光，像一声响雷，脸上深深四个红指印，一个星期后才消失。他后来想，如果再用一点力，有可能把脑浆从鼻子里打出来。

十三

投标竞争达到了白热化。

孟发财派去交投标保证金的人回来说，最后交了投标保证金的太阳能公司有五十二家。同时开标的还有土建项目，投标保证金是五百万元，参与投标的公司更是达到创土建投标历史纪录的一百零八家。L大学十五个亿的投资把老板们的眼亮瞎啦。

回来的人还说，前去做工作的老板们像打了鸡血似的往辛玲美眼前挤，想和辛玲美握个手都难。

孟发财右手食指关节蹭着鼻尖。他努力控制自己澎湃的情绪。他看窗外摇曳的小叶榕树，目光燃烧着火热的胜利的喜悦。

对他来说，投标已经结束，明天就是走个过场。

十四

孟发财没像以往投标那样，提前半个小时赶到开标室，他故意晚了十分钟动身，又晚了十分钟到达。

他没马上进楼。

他故意在外面站了五分钟，看凤凰山上的云，听海上轮船的汽笛，呼吸早晨清新的空气。

开标前五分钟，他才晃晃悠悠地进电梯，按下开标室所在的四楼，心平气和地看楼层数字的变化。他仿佛看到那些前来投标的老板们对他投来惊讶的目光，奉上羡慕的微笑。

来到开标室门口，他用手指轻轻推门，门没开。他只好用手推，门还是没动。他奇怪地咦了一声，用半个身子再推，门纹丝不动。

他细一看，发现门是锁着的，门里是黑的。

他找见工作人员问。

工作人员不知道L大学今天要在这里开标。

他的脑仁里疯狂地响起咣——咣——咣——的声音，像金台寺的梵钟。

一种不祥的预感尖叫着从脑海里拔地而起。

他喉咙发紧，一阵眩晕、恶心。

他颤抖着手给辛玲美打电话，里面说：“您拨打的号码是空号。”

又给王局长打电话，也是空号。

他心慌意乱，像一只台风中惊恐的海鸟，飞也似的赶到银坑别墅区L大学筹建处。

人去楼空。

他扑到招商局。

工作人员说：你不知道啊？王局长和他的新夫人还有姓边的老同学一起投资移民美国了。

工作人员赞叹：真没想到，王局长那么有钱，投资了好几个亿。

还问他：你也赞助了不少吧？

又说：王局长的新夫人长得比电影演员还靓。

他问：新夫人叫啥？

回答：辛玲美。

十五

孟发财觉得自己只剩下死路一条。

胸膛起伏，像大海波涛汹涌；心脏狂跳，像疯子手下的架子鼓。耳朵鸣叫，像有十多台赛车在咆哮。

他用拳头砸自己的头。

风卷着树叶，夹杂着咸咸的、涩涩的海腥，毫无规则地在高楼大厦之间乱撞。

他想放声大哭，苍白的毫无血色的脸抽搐了一阵，眼里根本就没有泪。他的胸腔发出凄厉的哀鸣。

他溜到学校，透过玻璃窗户，扎扎实实看儿子最后一眼。

他溜到美容厅，透过门帘向老婆鞠了一躬。

他右手食指关节蹭蹭鼻尖，又伸进口袋，狠狠攥攥那瓶安眠药，然后毅然决然地一手拎着矿泉水，一手拎着一把三折叠军用铁锹，一步一个脚印地登上凤凰山深处那块风水宝地。

如今，大墓未造，王局长基本应了香港风水大师的话，财运亨通，腰缠数亿，百年兴盛不在话下，如今不知潇洒在何处。他，孟发财，旺财生财，旺丁养身，成了妄想，最后落得个无路可走的下场，只能来到这里。

他愿他的七尺之躯能换来儿子的旺财生财，百世好运。

他挥舞军用铁锹，专心致志地给自己挖掘坟墓。

夕阳在海面炫耀的金色的余晖漫到山脊时，孟发财轻轻松了一口气，坟墓总算是细致地打理完毕。

他平静地躺进坟墓，左手掏出老婆亲手为他的宝马车绣的财神爷全珠绣满珠子十字绣挂件，看了看，缓缓挂在脖子上；右手食指关节最后一次蹭蹭鼻尖。他听见下半身的血液随着黑夜的降临，渐渐凝滞，只有上半身好像还有一点残血在汩汩流动。他努力地用不完整的左手慢慢打开药瓶，完整的右手慢慢拧开矿泉水瓶盖。

他拿出全力正准备左右手和嘴密切配合时，接到一个电话。

对方：你是孟发财吗？

回答：是。

对方：我是公安局。

回答：……

对方继续说：王鲅、辛玲美等人涉嫌诈骗，已在海关被控制。要求你马上到公安局协助调查。

孟发财拿手机的手以远远高于帕金森病的频率大幅度地抖动起来，心脏像台风中的海浪一样汹涌滔天，血液哗的一声波及全身。

他急问：我被骗的钱能追回吗？

对方回答：有希望。

孟发财从坟墓中一跃而起。

白额黄金猪

一

诗人老朱在外商投资管理中心工作，朋友多，信息广，中心设在风景优美的南油大酒店。王朝阳和老朱既是老乡又是牌友，跑业务跑得山穷水尽时，就车头一调，找老朱喝茶，谈今论古，在散淡闲适里，顺便捕捉点有价值的商业信息，或是招呼牌友，找个棋牌室斗斗地主，乐在其中。这天，老朱给王朝阳提供了一条重磅信息，著名企业家姚三纯又有大手笔，要在金鼎科技工业园区以七元一平米的价格，购地三十万平米，新建一个服装加工厂和研发基地，需要七千员工，年产值九个亿。老朱说，市领导这两天高兴得裤带快绷断了。

王朝阳听说过好些姚三纯和三纯服装的传说。姚三纯原是在吉大百货租柜台的服装小商贩，一次正常的商业拖欠，却逼迫他不得不接手一家濒临倒闭的服装厂，阴差阳错地进入了服装制作行业。经过十多年奋斗，服装厂被姚三纯打造成了一家集研究、设计、制造、销售为一体的综合性集团公司，企业净资产8.5亿元，拥有世界一流的服装生产设备和技术，连续三年产品销售收入、利润总额名列全国服装行业前十强。

老朱说：姚三纯这家伙野心大得很，他的目标是香奈儿、迪奥、范思哲。他要在国内外多个城市构建研发基地，还要建立全国性物流仓储中心，进军国际市场，还要依托服装优势资源，进行多品牌经营并涉足社会公共设施、金融保险等领域，逐步完善三纯品牌战略布局。

老朱靠在转椅上，手指着王朝阳说：你个靓仔如果能搭上姚三纯这列高铁，就不愁没有工程做了。三纯发展到哪里，你的太阳能工程就做到哪里。世界是姚三纯的，也是你王朝阳的。你王朝阳将和姚三纯一样像大海那样辽阔、澎湃、富有。

王朝阳说：可惜我认识人家，人家也不认识我。

老朱说：你认识老朱啦。老朱的朋友就是你的朋友。珠海人都知道三纯公司司歌《世界三纯》的歌词是我老朱写的，是我把他的目光引向世界的。

老朱骄傲地说：十八行歌词，给了我五万元酬劳，是我最多的一笔稿费。

老朱说：老姚人很大气，够意思，够哥们。

老朱又补充说，当然那个时候，我的名气比他大。《诗刊》《星星》《花城》，都发表过我的作品。那时的姚三纯开着一辆走私丰田，半路还要下去推车。

半个月后闹台风，天翻地覆折腾了一夜，第二天上午九点四十分台风在阳江一带登陆。珠海这边的强对流天气稍有减弱，老朱就电话催王朝阳马上到望海茶楼斗地主。老朱手气好，赢了两万多，王朝阳输得精光。他大骂老朱手太黑，不江湖。老朱讥笑王朝阳太贪心，情场得意，还想在赌场大丰收。吵着骂着，老朱便不顾暴雨依旧滂沱把王朝阳带进姚三纯豪华得像皇宫一样的办公室。

姚三纯穿着大裤衩，趿拉着一字拖，正虔诚地为一件马上封侯的玉器打蜡上油。

老朱问：姚老板，啥时候又喜欢上了玉器？

姚三纯说：屌，老子大老粗一个，眼里只有钱，就喜欢钱，喜欢数钱。一屋子的钱，躺在钱堆上，一张一张地数，那感觉，他妈的一个字爽，三个字还是爽。

老朱又问：那你伺候祖宗一样伺候这玉器干啥？

姚三纯说：不是我想伺候不伺候的问题啦。姚三纯手朝上指了指，上面喜欢这玩意的啦。我想往大发展，没有靠山哪行？又指指马上封侯的和田玉，为这玩意儿，我拉着省玉石协会会长去新疆跑了十多天，累得像狗熊。

姚三纯问：朱大诗人，你知道这件玉器价值多少？

老朱摇摇头：我眼小。

姚三纯说：一千多万。

老朱故作大吃一惊：天呐！

姚三纯说：你朱大诗人能给我批几百亩建厂用地，这件马上封侯就是你的啦。

老朱说：给你介绍三五个港台女明星，我还是有本事的。又问，今晚要不要？只要你不怕府上的河东狮，我现在就打电话。

姚三纯摇摇手：让我多活几天吧。

姚三纯给马上封侯的和田玉器打好蜡，上完油，净了手，看看手表，又睇老朱和他侧后面的年轻人，招呼在茶台前落座，三杯工夫茶过后，笑着对老朱说：你是夜猫子进宅，不是来孝敬我的。有什么事就直说，半个钟后有官要见我。

老朱赶紧把王朝阳介绍给姚老板，要他关照关照，把金鼎新工厂的太阳能热水工程让天益公司做。

姚三纯爽快地说：朱大诗人亲自出马，我哪敢不听？就令秘书叫来主管基建的刘副总作了交代。并一再强调，这是朱大诗人介绍来的，绝对不能怠慢。搞不定，就炒你鱿鱼。

刘副总带着老朱和王朝阳到他的办公室，又叫基建处的苟经理把设计图纸拿过来，对老朱说，本来这个工程是要交给五星太阳能公司做的。今天老板发了话，我只能服从。

刘副总看看老朱，又盯着王朝阳看了片刻：一个星期内拿出设计方案和报价。

王朝阳跟着老朱从三纯公司出来，请老朱吃饭。老朱说，你今天输得光屁股了。王朝阳说，我还有信用卡。老朱说外商送我的饭店金卡我送小姐都送不完，边说边指挥王朝阳把车开到九洲大道东一家红灯笼小饭店，要了一斤猪头肉，一碟花生米，一瓶汾酒。

老朱说：我就爱吃猪头肉。又搓搓脸说，小时候，我家对面是一家国营熟肉店，我经常坐在门墩上看对面案板上卤好的猪头肉，看呀看呀，看得我口水哗哗哗。上初中时，有一次写作文，老师出的题目是《我的理想》。我在作文中写道：我的理想是天天能吃上猪头肉。

吃完饭，王朝阳过意不去，说应该庆祝庆祝，便拉着老朱去桑拿。放松完，靓女们缠着要宵夜，开车回家时已是凌晨两点。台风退去之后，残留云系带来的强降雨还在持续。小区的车库被水淹，温馨提示牌醒目地竖在入口处，王朝阳只好在保安的指挥下把车停在马路边。一头小猪冲过来，拦住他的去路。小猪好像认识他，摇着绾成花的尾巴，在他腿上直蹭。保安说这头小猪打台风前就跑到小区，好多天了，没人认领，还称赞这头猪像是人转生，聪明得不可思议。王朝阳第一次听人赞美猪聪明，就有了点好奇。他弯腰看小猪，小猪也在看他。小猪的模样很奇特，额头留着长长一绺像电影明星一样的白头发。小猪的两只眼睛一动不动地盯着王朝阳，里面浮游着几颗泪珠，凄凄楚楚的。王朝阳心一酸，弯腰把小猪抱在怀里。

老爸半躺在沙发上，打着呼噜看电视。儿子一开门，老头一个鲤鱼打挺站起来。

王朝阳把小猪交给老婆，说这可能是头宠物猪，挺可怜的。他吩咐给猪洗个澡，喂点东西吃。

他在老爸身边坐下，眉开眼笑地将三纯的事说了一遍。王家宝一拍大腿，一脸朝霞：天上掉馅饼啦！五秒后，脸就变阴了，你不是拿你老爸开心吧？

王朝阳说：是真的。

王家宝捂住胸口看屋顶，看了一会儿又歪头看儿子：这里面不会有什么圈套吧？来得也太容易啦。

王朝阳说：人家姚老板是给老朱面子。

老婆给小猪洗完澡，从厨房拿了个苹果和一把绿叶菜，去了阳台。

他看看表，时间不早了，便吩咐老爸早点休息，自己去卫生间冲凉。

王家宝又看屋顶，看见一只蜗牛在慢慢爬。他很揪心，担心蜗牛会掉下来。

二

第二天不到两个小时的工夫，小猪就和家里人打成一片。王朝阳要把猪抱给老朱，老婆有点舍不得，王朝阳说怕儿子玩物丧志，老婆就不敢坚持了。

老朱一见猪，哈哈大笑：我们一家子来啦。从王朝阳手上接过来，首先好奇地拽拽它那绺白头发，又挨个看它的四只小黑尖尖脚，最后又揪揪它松松垮垮的大肚皮。小猪突然咧开嘴，憨态可掬地冲老朱嘿嘿笑。老朱被逗乐了：这家伙真聪明。又转头对王朝阳说，这是头国外流行的宠物猪——黄金猪，我在英国见过，正宗的猪中贵族，天资聪颖。最有意思的是这家伙还有这么一绺长长的白发，罕见罕见。老朱说，交给我好啦，我给它找个好主人。

三纯公司的设计方案和报价王朝阳亲自捉刀。

刘副总细细翻看后，感叹道：我还以为在广东只有五星和四优普做的太阳能好。

刘副总让苟经理亲自领着王朝阳和建筑设计院、土建公司、装修公司对接，最后才谈价格，谈合同。在付款条款上出现了分歧，王朝阳想按行规要点预付款，刘副总不同意，坚持工程完工验收后一个月内支付90%，余款10%转为保修金，一年后支付。说着，送给王朝阳一个让王朝阳糊涂了好多年的浅笑。苟经理解释说，这是我们姚老板定的规矩。想做三纯的工程，就得全部垫资。刘副总说，我们公司这么大块蛋糕，眼馋的人能从珠海排队到深圳。刘副总见王朝阳还犹豫，又说，五星和四优普太阳能公司在后面眼巴巴等着呢。

王朝阳咬咬牙：签！

他对老爸说，无非就是紧张半年左右。咱们加紧施工，一完工就验收，一验收就能拿到钱。又强调说，饮了这道头啖汤，三纯公司往后的太阳能工程就是我们的了。王家宝心里却踏实不下来，他老是担心屋顶那只小蜗牛会掉下来，但儿子已经做出了决定，他只能全力相帮。公司创建时间短，底子薄，签这个合同就等于赌上了身家性命。他们四处求爷爷告奶奶，磕头作揖说好话，工程材料赊账一年行不行？一年不行半年怎样？实在不行五个月也行，只要能赊账就行。他们还到工行、中行、建行、农行、广发行、华润银行都申办了信用卡，拆东墙补西墙，折腾了半年，总算大功告成。

王朝阳跷着腿，坐在办公室沙发上，和老爸聊半年来的艰辛，说着说着，就张着嘴巴睡着了。

王家宝扭回头看了好几回，最终还是揪住耳朵把儿子扯醒：钱要回来你他娘的睡十年老子都懒得管。

王朝阳冲了个凉，打起精神去三纯公司找刘副总安排验收打款。刘副总说，按公司规定，要等员工入住后才能验收。一等，就是三个月。员工使用了两个星期，刘副总说，可以办验收手续了。一个验收手续让王朝阳在三纯公司上上下下跑了两个月，才让苟经理签了字。苟经理说，我签了字还不行，太阳能热水是后勤部门管理的，还要后勤部门的领导签字认可。王朝阳这才回过味来，这是三纯公司拖欠工程款的套路。已经进了圈套，他不得不硬着头皮走下去。找人，请客，送礼，又折腾了一个半月，搞定了后勤部门负责人。后勤部门负责人说，你还要找物业管理部门。刚和物业管理部门经理混个脸熟，公司习惯性地大面积轮换岗位，熟脸变成了生脸，又得从头再来。眼看着春节拿不到钱，王朝阳不敢在公司多待，常跑到王高峰的天峰公司喝工夫茶。他隔窗看满街的杧果树开花，有时想，如果工程款能像杧果花一样，一临近春节就自然开多好。

王朝阳没想到向三纯公司要款比上李白笔下的蜀道还难，三年时间回款不到50%。在讨债过程中，王朝阳看明白了，三纯公司的跳跃式发展，就是拿别人的蛋孵自家的鸡。好在姚三纯家大业大，如日中天，大家都只是鸡身上的一根毛，只要鸡还活蹦乱跳，谁也不怕。

王朝阳再找老朱帮忙。热心的老朱耐着性子打了三十次电话，姚三纯却一次也没接。老朱苦笑着对王朝阳说，现在的姚三纯已经不是以前的姚三纯了，人家活动的范围已经大到三千里外了。

两人脸色都难看，王朝阳咬着嘴唇，看着门外遮天蔽日的百年榕树发呆。

老朱直骂天气憋闷，打开窗户，嚷嚷着要斗地主。王朝阳打了一通电话，牌友出差广州深圳，四零五散凑不齐。眼看天黑下来，老朱一挥手：走，上楼顶看月亮去。俩人坐在窝耳山墙上，转头找了半天，没看见月亮。王朝阳一拍脑门：屌，今天是农历初二，没有月亮。老朱说咱们就想象着今夜明月当空，群星灿烂吧。老朱从窝耳山墙上站起来，朝南面向大海，摆好架势，沉吟片刻，仰头向天，高声朗诵张若虚的《春江花月夜》。没尽兴，又朗诵曹操的《观沧海》、李白的《把酒问月》，直把天空朗诵得月儿阴晴圆缺，俩爷们超凡脱俗，羽化登仙。

三

王朝阳觉得自己这个老板当得很猥琐，还不如以前给王高峰打工潇洒。给老板打工那是短工，想干就干，不想干就拍屁股走人。自己当老板，就是扛长工，一年到头，没日没夜，好赖都要自己承担。企业是你的，没人可怜你。没钱你就得想法去挣，谁也不会因你没有钱而同情你。该发的工资你要发，该拿的提成你得给，该交的税款：营业税、城建税、企业所得税、个人所得税、印花税，你要交；还有养老保险、失业保险、医疗保险、重大疾病保险、工伤保险、生育保险、教育附加费、残疾人就业保障费、工会经费、人防异地建设费、河道工程修建维护费、道桥费；还有办公费、房租、水电费，一个都不能少。

特别是过年，对于王朝阳这样的老板来说可谓鬼门关。

当老板的第一年，离过年还有两个月，王朝阳就和财务人员把公司欠员工的工资、业务员的提成加奖金、供应商的货款，算得清清楚楚，又把完成并验收了的工程应收款算得明明白白。两项相抵，还余三十万，这就是他搞企业一年的利润。他的心在胸腔稳稳当当地搏动。老爸担心儿子年前把事情处理不好，在家里千叮咛万嘱咐还不踏实，又跑到公司找财务部。

王朝阳说：爸，劳累了一年，你老也该回家歇歇了。我好赖也是个大学本科生，还怕过不了这么个小小的火焰山?

王家宝说：我吃的盐比你吃过的饭多。

离过年还有一个月时间，应收款回来不到五分之一。用了一个星期的时间，王朝阳把欠款最多的莞丰服装厂的老板堵在办公室。谈了一上午，老板才答应三天后给钱。到了第三天，王朝阳八点钟就赶到莞丰服装厂，工厂已是一派迎春新气象，大门两旁贴上了春联，各种喜庆的装饰品把工厂装饰得红红火火。过了九点，不见开门，王朝阳感觉有点不妙，喊了半个小时，才过来一个保安。保安说，你叫唤个鬼，公司昨天就放假了。王朝阳打老板电话，关机，打财务部经理的电话，也关机。王朝阳被晒在沙滩上。他天天开着车四处讨债，最后应收款勉强收回三分之一。年关一天天逼近，员工们开始不安稳了。安装工也不去工地干活了，坐在公司等着拿钱过年。他们说，谁家不是上有老下有小？还质问王朝阳，要自己的血汗钱咋就这么难？供应商也打电话或是上门开始逼债了。最后，还是老爸把家里所有的存款拿出来，再加上求爷爷告奶奶，才算度过了第一个年关。

当老板的第二个年关，王朝阳提前做足了准备，最后还是因为没有足够的钱给员工发工资，被工程部的安装工打了。末了，不得不把车子抵押出去，借了逐日起钉的大耳窿高利贷。父子俩还隐瞒家里人，说是汽车借给客户玩两天。

第三个年关前，王朝阳连三纯公司的行政办公大楼都进不去了。一家同样进不了大楼的装修公司老板凑过来和王朝阳商量，看能否联手爬上三纯的办公楼或是市政府大楼以跳楼自杀相威胁，索回工程款。愁眉苦脸的装修老板说，我黔驴技穷了，只剩下以跳楼自杀相威胁要工程款了。王朝阳眯起肿泡眼，斜睨了对方两下，冷笑一声。他骨子里觉得自己是大学生，是文明人，文明人就要有文明人的情怀，有文明人的行为。经商中，他有自己的底线，他要做儒商，不做奸商，不去嫖娼，不去行贿，不去偷工减料，更不可能以自杀去要挟任何人。经多方打听，他找到了姚三纯在板障山下的别墅。大门安着门禁，按门铃没回应，只好站在门外干等，一边等候一边欣赏别墅，借以消磨时间。别墅依山而建，是一座典型的古典欧式风格别墅。王朝阳站在大门外，闭上眼睛，也能看到里面合理对称所呈现的空间美感布局，色彩以白、黄、金三色系为主，地面铺着大理石，墙面贴着花纹墙纸。家具按说应该是英国塞特维那用名贵柚木手工制作的欧式风格家具，但土豪级的姚老板家里可能是仿明清宫廷家具，材质不是海南黄花梨就是印度紫檀。客厅的吊灯是进口的造型古朴的欧式吊灯。至于里面的装饰，究竟是哪一种，巴洛克还是洛可可风格？古典美感的窗帘挡住了他的视线，他不好下结论。

半个小时过去了，大门里没有动静，大门外也没人来。王朝阳有点累，就坐在路边一棵棕榈树的荫凉下，脸上的汗小溪一样汩汩地流，眼光漫无目标地四处瞎逛。

两只钢琴鸟站在鸡蛋花树的白花上表演同音色的二重唱。一只流浪猫箭一般钻进花丛中。受到惊扰，一群蝴蝶礼花一样飞起，五颜六色，把澳门山庄变成了荷包岛上的蝴蝶谷。

一个弱不禁风的保安挎着警棍迈着八字步摇晃过来，低头用X光机一样的眼扫描着他。他赶紧回应一脸阿谀奉承的笑：我在等姚老板，约好的。保安边走边回头，不放心地斜了他几眼。

王朝阳从随身小皮包里掏出一瓶加林山矿泉水，抿了一口，把喉咙的干燥安抚了安抚，不知不觉就睡着了。他做了一个梦，梦见自己到了姚三纯办公室，姚三纯不给钱，叫来保安架着他往门外拉，他拼命反抗，保安一拳头打在他脸上，他大声惊叫。睁开眼，看见一头披着白发，浑身金黄，四蹄黑漆，大肚皮拖地，足足有三百多公斤的大肥猪正哼哼唧唧地用嘴拱他的脸。王朝阳呼地站起，抬脚就踢：滚！屌！你也敢欺侮人！

白额黄金猪惨叫一声，嘚嘚嘚飞一样地跑开，边跑边嗷嗷地哭。

十秒钟不到，那头白额黄金猪拽着大肚皮嘚嘚嘚又回来了。在它后面，跟着一位和它一样又肥又胖珠光宝气的半老徐娘。白额黄金猪百米冲刺一般跑到王朝阳面前，一个急刹车停下来，前腿蹬后腿弓地拉开架势，又哼哼两声，头潇洒地往右侧后一甩，那绺因急刹车而耷拉到眼前的白发划了一个半弧，然后搭到右耳上。它侧回头看后面的半老徐娘。半老徐娘金刚怒目，胸前波涛汹涌，脖子上戴的一个拳头大的观音玉石挂件，跳着向王朝阳砸过来。

王朝阳下意识地躲了一下。

玉石挂件躲过去了，一只戴着缅甸冰种翡翠镯子的手指戳到了王朝阳鼻子尖上：你好大的胆子，敢欺侮我儿子！

王朝阳莫名其妙：我不认识你儿子呀。

半老徐娘指着白额黄金猪说：它是谁？

王朝阳承认：刚才它拱我，我踢了它一脚。

半老徐娘说：屌你老母！你个仆街仔，小瘪三，好大的狗胆！

王朝阳嘴唇颤抖：不就是一头猪嘛，踢了一脚，你也不该这么骂人。

半老徐娘又把声音调高了一百分贝：老娘就骂你，就骂你！二五仔，仆街仔，古惑仔，小瘪三！

王朝阳回敬道：你回家刷刷牙再出来说话。

半老徐娘拍着屁股跳：屌你老母！老娘今天非教训教训你个仆街仔不可！说着伸手就要打王朝阳，王朝阳敏捷地躲过。半老徐娘又扑上来，王朝阳又轻松地躲过。半老徐娘的手没够着王朝阳，豆大的汗珠子却往王朝阳脸上砸了七八颗。

半老徐娘的吼叫引来五个保安，也引来一大群围观看热闹的，有藏獒、俄罗斯高加索、意大利扭玻利顿、法国波尔多、西班牙加纳利犬、日本土佐、墨西哥吉娃娃、德国拳师犬、英国约克夏更、加拿大拉布拉多，还有一只一看就是流浪家族的土狗带着四只不满月的小狗崽。还有不少猫，也来看热闹。

四个保安扭住王朝阳，另一个保安好像是保安队长质问王朝阳为什么要踢猪?

王朝阳说：我来要我的钱，在这里等人，就坐在那儿，这头猪就拱我。我踢了它一脚，只是想把它赶跑。

半老徐娘冲上来给王朝阳一记耳光：叫你欺负我儿子!

保安队长急忙劝阻半老徐娘：咱们都是文明人，有话慢慢说。

半老徐娘说：我儿子身为贵族，竟然遭到这个仆街仔的欺负，是可忍孰不可忍!

扭住王朝阳的胖保安小声对王朝阳说：你小子闯大祸啦。你不知道，那头猪是从外国引进的宠物猪，好好贵重哟。

王朝阳愣了一下，只能用嘴努努旁边的别墅，想转移目标：我是来找这家人要钱的。

胖保安又小声告诉王朝阳：你要个鬼耶，那女人就是姚三纯老婆。

王朝阳一下子没了应对的尺寸，大汗飞流直下。

保安队长安抚姚三纯老婆：你消消气，别和乡下人一般见识，别气坏身子。那个废柴，肯定是吃错了药，我把他带到队部好好教训他一顿。

保安队长想尽快息事宁人。

王朝阳忍不住又嘟囔一句：我是来找姚老板要钱的。

姚三纯老婆一听，马上跳起来，说不向她儿子赔礼道歉绝对不能走。白额黄金猪在主人后面也跳着叫着，为主人造势。

王朝阳还有些嘴硬：是你的猪先拱的我，先有它的错，才有我踢它。再说，哪有人给猪道歉的……

保安队长骂王朝阳：瞧你这IQ，少说两句能憋死你?

姚三纯老婆说：老娘今天就要你见识见识你不道歉的严重性，我还不相信在珠海我说的话还有打水漂的。

姚三纯老婆给老公打电话，说儿子在小区被欺负了，马上派五十名保安来给儿子主持公道。姚三纯问是谁瞎了眼，敢欺负咱儿子?

姚三纯老婆说：是个仆街仔！

姚三纯老婆把手机递给保安队长，保安队长顺手又递给王朝阳，王朝阳只好接住。

电话那头传来一个嘶哑声：谁呀？

王朝阳说：我就是给你公司做太阳能热水工程的王朝阳，老朱，大诗人老朱的朋友。

姚三纯说：你他妈的闲得屌长毛，招惹那玩意儿干吗？

王朝阳说：你们还欠我二百七十多万工程款，快过年了，我公司的员工等着发钱回家过年，我到你公司见不上你，只好来你家找……

王朝阳话没说完，那头就挂机了。

姚三纯老婆说：我们三纯集团全世界人民都知道，几百亿的资产，能欠你仆街仔的钱？

姚三纯老婆坚持要王朝阳给猪道歉：我们三纯不欠你钱，即使真欠你钱，今天你不给我儿子道歉，也休想拿走一分。

胖保安劝王朝阳低个头，给猪道个歉好啦。

王朝阳脖子一挺：我是人，凭啥要给畜生道歉？

保安队长一个劲给姚三纯老婆说好话，你凤体要紧，别和不懂事的人一般见识。又说，今天太阳忒毒，你先回家休息，身体要紧。

姚三纯老婆被保安队长拥着，另两个保安护着白额黄金猪进了大门。

第二天，王朝阳小心翼翼地去三纯公司财务部要钱，财务部的人说：老板娘发话了，说你不给她儿子赔礼道歉，就一分钱不给你。

万般无奈之下，王朝阳只好再去澳门山庄，期望以理服人。

姚三纯老婆说：好听的话医治不了我儿子受伤害的心灵。

王朝阳火了，摔门而出。

他给老朱打电话。

老朱愣了一下，他想告诉王朝阳那头白额黄金猪就是几年前你在大雨中捡到的那头流浪猪，他送给了姚三纯老婆，姚三纯老婆一高兴就给他卡里打了十八万元，比他写诗还来钱快，但话到嘴边又退缩了，和唾沫一起咽回肚子里。老朱语调平和地安慰王朝阳：在人生历程和事业奋斗中，会遇到许多困难、风险、挫折和失败，需要有坚强的心理、坚定的意志、宽广的胸怀和不屈不挠的精神，做到坚忍不拔、愈挫愈勇。普希金有句名言，大石拦路，勇者视为前进的阶梯，弱者视为前进的障碍。人生无坦途……

王朝阳打断老朱的话：仆街！我给你打电话，是想让你给我治疗治疗伤口，你不给我来点云南白药，还不给我来点红药水？你他妈的给我背狗屁名言，多腌臜！

老朱在电话中哈哈大笑：我刚给领导写了一份讲话稿，脑子乱哄哄的像个马蜂窝。我一时从领导的讲话里逃不出来，只好给你引经据典，也算是思想偷懒吧。

王朝阳不得不让听筒远离耳朵，大骂老朱发神经。

老朱止住笑：你非要我给你来一锅心灵鸡汤，那我就送给你几句诗。说着吟道：

你向外看，是你现在最不应该做的事。
没有人能给你出主意，没有人能够帮助你。
只有一个唯一的办法。
请你走向内心。

王朝阳说：很耳熟，谁的诗？

老朱回答：奥地利诗人莱纳·玛利亚·里尔克的。又吟道：

你要像一个病人似的忍耐，

又像一个康复者似的自信。

如果你觉得你的日常生活很贫乏，
你不要抱怨它，
还是怨你自己吧，
怨你还不够做一个诗人来呼唤生活的宝藏。

有何胜利可言，
挺住就意味着一切。
……

王朝阳沉默不语。

老朱说电脑死机了，咱还可以重启嘛。

朋友的钱该借的不该借的全借了，亲戚的钱该借的不该借的全借了，还不够，去银行贷款，银行说年底头寸紧张，政府的贷款都顾不过来，哪顾得上你们这些民营的。找小额贷款公司借高利贷吧，王朝阳没有豹子胆，不敢再借，怕掉进黑窟窿出不来。这几年，有好多大公司都因高利贷而陷入危机，最终关门破产。

王家宝替儿子着急，背着儿子悄悄来到澳门山庄，在姚三纯的别墅前守了三天，终于偶遇上姚三纯老婆。他先给姚三纯老婆道歉说好话，又给白额黄金猪道歉，最后按照对方的要求，端着笑脸，恭恭敬敬地给半躺在沙发上的白额黄金猪磕了三个响头。

姚三纯老婆说：看着你可怜心诚，就暂且饶了你。要是你那个仆街仔来，磕一百个响头也不行。

王家宝尽力点头哈腰，好话说了一汽车，把姚三纯老婆比作观音活菩萨。

姚三纯老婆对王家宝说：这不是钱的问题，是面子问题。你给足我面子，我给足你一切，你不给我面子，我让你失去一切。

她给姚三纯打了个电话，王家宝过去拿回二百万元。把支票交到公司财务后，他先没回家，跑到香洲湾，面对大海，摸着红肿的额头，发了半天呆。末了，快到家门口时，还不忘给王高峰打电话，说儿子如果问起三纯的钱是咋要回来的，就说是你王高峰通过自己的关系帮忙要回来的。

四

星期三晚上斗地主。老朱告诉王朝阳，一批中国顶尖诗人来珠海采风，周日晚上，也是诗人的梁主任要在益健酒店给他们接风。老朱说，你不是急着结交梁主任吗？机会难得，不可错过。又补充说：

记住，周日晚上，888包间，六点钟前必须赶到。

王朝阳是五点半来到益健酒店的。穿红色衣服的迎宾小姐排成两列，整齐地站在酒店门口，把职业笑容灿烂地绽放着，一遍又一遍地说着热烈欢迎。一脚踏进大门，一位穿藏蓝色职业装挂着经理标牌的靓女便迎上来。

王朝阳说：888包间。

靓女看看手中的预订单：是姚先生预订的？

王朝阳说：不是，是梁主任预订的。

挂着经理标牌的靓女说：不好意思，888是姚先生预订的。梁主任订的是858。

王朝阳给老朱打电话询问。

老朱说：包间换了，我忘了告诉你。本来是888包间，梁主任亲自给益健老板打电话订的，可后来改成了858。肯定是比梁主任更大的官要来用餐，要不，以梁主任在珠海的地位，谁敢造次？

王朝阳在沙发上落座不久，老朱就到了。老朱一边喝茶一边不停打电话，先是问梁主任会开完没有，又询问采风的客人到了什么地方，司机认不认得来益健酒店的路。

当客人乘上电梯时，老朱带着王朝阳站在电梯口迎接，一直把客人接到858包间。中国顶尖诗人来珠海采风团共有十人，王朝阳只闻其名未见其人，如今见到真容，异常激动。

老朱热情地一一介绍，还不忘介绍王朝阳：我的老弟，太阳能专家，诗歌爱好者。

梁主任是最后一个到的，一进门就抱拳向大家致歉，说是太忙，一下午赶了三个会。

梁主任坐在主宾席上，大家以身份地位的大小落座，王朝阳挨着老朱在末座坐下。

梁主任首先致欢迎词，热烈欢迎诗人们来珠海采风，连敬三杯。

外面传来众人共唱生日歌，梁主任起身说：各位诗友，不好意思，我得失陪一下。我们珠海的大企业家姚三纯母亲今天88大寿，就在888包间，我得过去敬两杯。

十多分钟后，梁主任回来了。

老朱说，我也应过去敬个酒。

老朱叫王朝阳一起过去：你和姚老板有经济往来，过去敬两杯，加深加深感情。

到门外，老朱问：他还欠你多少？

七十多万。

现在欠钱的是爷爷，讨债的是孙子，是杨白劳吃香喝辣的年代。

王朝阳跟着老朱进了888包间。

包间LED屏上，打出的全是贺寿祝福词。

主座是位老太太，不用问，是姚三纯母亲。老人家身着红色唐装，一头银发，红光满面，远看一点也不像88岁的老人。王朝阳觉得比他63岁的母亲都要年轻。姚老太太左边坐的是姚三纯。自从做完三纯集团的太阳能工程，王朝阳就再也见不上姚三纯的面。紧挨姚三纯坐的，王朝阳也认出来了，是那个曾非要他给猪道歉的恶女人。让王朝阳大跌眼镜的是，挨着姚三纯老婆落座的竟是那头白额黄金猪。此刻正大眼睛忽闪着，嘴角上翘笑着。

王朝阳跟着老朱，先敬老太太，祝老太太福如东海，寿比南山，再敬姚三纯，祝姚老板超过李嘉诚。敬完姚三纯，来到姚三纯老婆身边。老朱没有先敬酒，而是先伸手去摸猪，手还没有挨着猪，人就大叫起来：哎哟哟，好靓！你这宝贝儿子高大威猛，现在是全国第一了吧？

姚三纯老婆摸着猪头，自豪地说：好嗨森，好嗨森，冇错！我这宝贝儿子现在就是全国第一，比台湾的纪录足足重了三十公斤。我要继续打拼，再用三年时间，把它养到一千公斤，创造吉尼斯世界纪录。

老朱立刻竖起大拇指：有你这样伟大的母亲，别说一千公斤，就是三千公斤，也是指日可待。等你宝贝儿子创造了吉尼斯世界纪录，一定要请客。

姚三纯老婆笑成一堆，连说冇问题啦。

姚三纯老婆让老朱先给她宝贝儿子敬酒：刚才梁主任和我宝贝儿子连干了三杯噢。

白额黄金猪好像是为了证实女主人此言不虚，咧着大嘴冲老朱哼哼地笑，末了还调皮地喷出一股酒气，好像是说看我像不像醉驾。

老朱不知如何给猪敬酒。

白额黄金猪扭转胖乎乎的身子，两只前爪麻利地从桌子上夹起一杯盛满轩尼诗XO的玻璃杯，高高举起，要和老朱碰杯。

站在老朱侧身后的王朝阳瞠目结舌。

姚三纯老婆对还发怔的老朱说：快点，我儿子要和你碰杯。

老朱大声感叹：哇噻，我的老母哟，这哪是猪，简直是神!

和白额黄金猪连干了三杯，老朱诗兴大发，出口成章：

一部伟大的史诗
诞生在珠海大地
前无古人后无来者的千古绝唱
回荡在姚氏辉煌的家谱里
全世界新新人类
惊喜若狂战栗不已
如椽大笔因眼前的偶像奋然高举
诗浩浩歌漫漫大海狂澜回肠荡气……

老朱的朗诵激起一片掌声。

姚三纯老婆说：老朱，赶紧把你刚才朗诵的诗给我写下来，过会儿别忘了。

老朱说：我这记性，超一流，堪称电脑，绝对忘不了。

姚三纯老婆说：我要找音乐家谱曲子。

老朱说：我回去好好整理整理，微信给你。

姚三纯老婆说：我儿子满意了，我奖你一栋别墅。

老朱又叫起来，夸张地拍脑门。

白额黄金猪听说给它写的诗要谱曲，顿时高兴得得意忘形，站到椅子上，扭起屁股来，哼哼唧唧，如痴如醉。

现在轮到王朝阳给白额黄金猪敬酒了。

姚三纯老婆哦了一声：这个人咋这么面熟?

老朱在一旁说：这是我老弟，太阳能专家。

姚三纯老婆认出了王朝阳：噢，你就是欺负我儿子的那个仆街仔？我的儿子从出生到现在，我都没动过他一指头。你个仆街仔，古惑仔，竟敢踢他！

老朱一跃插到两人中间，拿酒杯和姚三纯老婆打哈哈。

姚三纯老婆扒拉开老朱，一蹦三尺高，胸前又波涛汹涌地压向王朝阳：当年，要不是你阿爸给我儿子磕了三个响头，我绝对饶不了你。

王朝阳惊呆了，周身的血液一下全涌脸上，像燃烧的火。

老朱急忙抓住王朝阳的胳膊，贴着耳朵小声警告：控制住，别给我搞搞震，不要忘了你还有七十多万没要回来！

王朝阳离开包间，老朱跟出来，说塌天，王朝阳也不回包间去了。

老朱怕他出事，寸步不离。

王朝阳说：你去招呼你的诗友去吧。

老朱说：瞧你这熊样，我不放心。

王朝阳说：你放心好了，我能控制住自己。

老朱说：我还是不放心。今晚无论如何，你都要冷静，绝对冷静。

我不会闹事。

你要知道你老子那么做是为了你，你不能让你老子受的罪白受了，受的辱白受了。你今晚要是闹事，就是对你老子大不孝！

我知道。

你必须向我保证今晚不闹事。

我向你保证。

老朱把王朝阳送到楼下，看着他开车远去，才又回到858包间。

王朝阳没有回家，他把车停在小区停车场，一个人来到香洲公园，沿着登山小路，爬到半山腰，坐在他常坐的那块大石头上。此刻周围没有一个人，丝丝晚风轻轻地从他脸上拂过。

面对蓝蓝的苍天，面对灯火灿烂的珠海，他什么也看不见。他合上两只发涩的眼，不想浑身却长满了眼，满眼都是那头白额黄金猪，还有他老爸给猪磕头的画面。就像8K电视机，5320万像素，高清。他使劲想把那些画面从浑身的眼里驱逐出去，但他发现全身的功能都瘫痪了，唯有眼睛的功能异常正常。全是猪、猪、猪、猪、猪，还有他老爸给猪磕头的画面。他睁开眼看天，想用蓝天淹没满眼的画面，但是无能为力……

这晚，他没有回家。其间电话响了几次，有老朱的电话，有他老婆的电话，有他老爸的电话，有他儿子的电话，他都好像没听见。

第二天早上，太阳照常从海面升起。他抹一把麻木的脸，从石头上翻身爬起来，俯视着阳光下生机勃勃的珠海。七点钟，他下山回家，看到老爸，他强颜欢笑，面对老婆芳芳的审问，他怒目而视。然后锁紧客房的门，大开空调，裹着被子，在床上躺了三天三夜，没喝一口水，没沾一粒米。

三天后，王朝阳从床上爬起，来到浴室。镜子中的他污秽不堪，地地道道一个路边的流浪汉叫花子。他打开花洒，用热热的太阳能水冲了半个小时，用了半瓶百雀羚香水沐浴露，将全身清洗了十遍。冲完澡，用吉列五层渐进剃须刀，把脸收拾干净，最后又刷了牙，这才走出浴室。他从茶几上拿儿子的小零食，一边吃一边给老朱打电话，约好半个小时后在古元美术馆见面。半个小时以后，他们一起沿着美术馆右边的小路，穿过石溪公园，去爬凤凰山。两个人一路无话，走了一小时十二分钟，跑进凤凰山里头，在一处高崖上坐下来。王朝阳把老朱当成了垃圾桶，一肚子苦水毫无顾忌地全倾倒给了老朱。

老朱对王朝阳说，越王勾践吃过别人拉的屎，韩信受过胯下之辱。前几天，我看苏东坡的《留侯论》。苏东坡论谁呢？论的是张良。《留侯论》开头的那段话是这样说的：“古之所谓豪杰之士，必有过人之节，人情有所不能忍者。匹夫见辱，拔剑而起，挺身而斗，此不足为勇也；天下有大勇者，卒然临之而不惊，无故加之而不怒，此其所挟持者甚大，而其志甚远也。”“匹夫见辱，拔剑而起”，说的是那些普通人，受到一点侮辱，就拔剑动刀子。这叫什么？这叫鲁莽。真正的大勇敢是什么呢？是“卒然临之而不惊，无故加之而不怒”，这才是君子之勇、大丈夫之勇。为什么这么说呢？“此其所挟持者甚大，而其志甚远也”，所以古人说“小不忍则乱大谋”。

末了，老朱拍拍王朝阳的肩膀：老弟啊，要忍人所不能忍之事，如果计较眼前，就会失去未来。

五

倏忽又一年。

公司已订了年假饭，吃过饭就正式放年假。吃年假饭那天上午，王朝阳带着瞎猫撞死老鼠的心态，跑了三家欠债公司。第一家碰到了十多个和他一样讨债的，第二家碰到了一伙因拿不上工资无法回家的农民工在公司门口闹事，声称今天拿不到钱，明天就去政府大门口自焚。到了第三家，王朝阳犹豫了一下，最后长叹一口气，偃旗息鼓，打道回府。

公司大门的对联已经贴上，对联是老朱写的。大门中间，倒贴着一个大大的福字，也是老朱的大作。作品以象形的“福”字作为主体，“福”字中的“示”字旁是小鸟落在大树上，小鸟象征吉祥，大树象征生命的根和永恒。“福”字的右边被设计成中国传统的“阿福”形象，象征着对幸福的祈祷和祝愿，十分惹人喜爱。

办公室已经被折腾得乌烟瘴气，两桌打麻将，三桌斗地主，三桌打拖拉机。阿叶见老板进来，赶紧起身让位，王朝阳摇摇手，你们玩你们玩，便进了总经理办公室。

阿叶推门跟进来，给老板倒好茶水。王朝阳看见阿叶又换了一个发型，是好久好久没有见过的两个小辫子。这种小辫子在城市里早就消失，她怎么会梳这样一个发型？王朝阳多看了几眼。

阿叶读到了老板的眼光，她朦朦胧胧的眼睛里流淌着蜜意，调皮地丢给老板一笑出去了。王朝阳刚捡起阿叶的笑，手机就不识时务地响了，是老朱的电话，他不能不接。

老朱问：三纯公司还欠你多少钱？

我不是给你说过，七十多万。

屌！打水漂了。

你啥意思？

老朱没直接回答，而是讲了一个故事，说四十年前，苹果的联合创始人韦恩把他的10%股份卖给了乔布斯，只得了八百美金。现在这部分股份价值五百八十亿美金。可如今的现实是，当年卖掉股票的韦恩还活得好好的，而拥有巨大财富的乔布斯却死了。

你到底想说啥吧？

我想告诉你，挣钱就是个游戏，活着才是胜利。

想放啥屁就放，别跟我绕弯子。

那我告诉你一个很不幸的消息，姚三纯跳楼自杀了。现在三纯集团总部大楼前围满了债权人，有上千人。

去年初，王朝阳就知道三纯资金紧张，原以为是一个企业发展中的共性问题，企业要发展，就需要大量资金。报纸电视台还多次宣传三纯公司多元化扩张，跳跃式发展，除了服饰、家纺之外，还涉及房地产、矿产等领域。三纯集团还鼓励员工把钱存在集团内部银行，利息远高于正常的商业银行，实在周转不开时，就到社会上借高利贷。上个月，王朝阳还不解地问三纯的财务人员，你们公司势力大得能买下半个珠海，怎么还要借高利贷？三纯的财务人员说，都是银行逼的。到银行贷款，周期大多都是半年或一年，而企业投资周期至少要三年五载。每逢银行贷款到期，为了还款、续贷，就不得不去借高利贷。一开始还以为，利用高利贷先把银行前面的贷款还上，然后就可以再贷款，利用银行的续贷款，就又把高利贷还上了。只是银行常常不讲信用，从归还贷款到续贷资金到账，高兴时半月二十天，不高兴了会长达半年一年。结果银行贷款越多借高利贷就越多，就像上了贼船。为了保护资金链，财务人员每天都在申请银行贷款或是到处借高利贷。每个人都是两张脸，一张是对银行的，炫富，请客送礼，言必称高档，大手大脚，似乎钱多得像澳门赌场；一张是对放高利贷者的，哭穷，低头哈腰，诉说着企业的困境，像街边野鸡。那位财务人员自嘲地对王朝阳说，我们现在是天天演戏，演技炉火纯青，不比北电中戏毕业的演员逊色。

老朱告诉王朝阳，姚三纯在跳楼前几天已将遗书写好，公司资金链断裂，银行逼着还贷，股东要求撤股，放高利贷的要封公司大楼，法院要冻结公司银行账户。每天晚上躺在床上，盼星星，盼月亮，盼天一直黑下去。因为天一亮，又是新的一天，就意味着沉重的债务大山又多了一座。他的心像被眼镜蛇咬了一口，伤口虽然流血不多，但已经闭合变黑，周围红肿，整个人困倦，四肢无力，声音喑哑，步态蹒跚。每天出门上班都是硬着头皮，拿出吃奶的力气走进集团公司行政大楼的。他实在没办法了，度日如年……

猝不及防的消息让王朝阳大脑死机了片刻，随后脑子里运行的正是姚三纯跳楼的镜头，还有那个半老徐娘和那头白额黄金猪。突然间，躺在老板皮椅里的王朝阳感到阵阵莫名的寒意钻进身体。

他的灵魂不由自主地冲破他的躯壳，像徐悲鸿笔下的马，腾云驾雾，飞奔向三纯集团总部大楼。

他看见姚三纯还没死，站在楼顶窝耳山墙上，正酝酿着华丽一跳。

他大声喊：还了我钱再走！

姚三纯却根本无视他的存在，对天对地微微一笑，然后纵身飞向天空。

他声嘶力竭地呐喊：不！不！不！

他扑向姚三纯。

在姚三纯和水泥地面接触前的一瞬间，他接住了姚三纯。

啪，大地微微一震，他被姚三纯砸成肉饼……

赶浪，赶浪

一

吉莲路上的羊圈导致谢小飒发疯。不省心的儿子隔三岔五在里面搞事，比她低半头的邝老师邝靓女三天两头居高临下，嘴角微微上翘，六颗牙齿微露，一句脏话不吐地把她搞成一泡鸟屎。可怜的她憋着一肚子怒火，还不得不弯腰鞠躬赔笑脸，认错，道歉，请靓女老师多多包涵。她牙根咬得痒痒的，恨不得一把将还在一边若无其事、嬉皮笑脸的儿子拎到案板上剁巴剁巴做成叉烧。

今天逃出羊圈的一刹那她像条疯狗，毛发四奓，龇牙咧嘴，要把世界撕成碎片。她抡着女包，吼叫着转圈圈，引得路人驻足，车辆拥堵，还有人拿手机拍视频。吉莲小学的保安帅哥赶紧跑过来，挡住镜头，亲切地问：靓女需不需要帮忙？她一激灵，用包包遮住脸，落水狗一样夹着尾巴溜到一棵高大的木棉树背后躲起来。

一只流浪的美国爱斯基摩狗昂着头，踱过来欣赏她的狼狈。她不屑地用余光斜了一眼，它竟不悦地汪汪叫起来。

她原本是要上淇澳岛的东澳湾给公公挖土的，婆婆来电，说家里的土没有了，公公中午没得吃了。还多少带点怨气地说，前天就告诉你们了。她正在公司开会，事关公司的前途命运。她给老公打电话。早上出门时，她没看到英俊潇洒满头虱子的衰哥，又是一夜未归，这会儿不知道在哪儿鬼混。电话没人接，她只好向老板瘦骨仙请假。瘦骨仙一脸阴霾：就你事多，不能让你家秦泓辛苦一趟？她一副很为难的样子，凑近瘦骨仙大耳朵吹风，我老公单位近些日子搞机构整合，忙得焦头烂额，一星期回不了一次家。说着送老板一个萌萌的娇脸，瘦骨仙立马骨头酥了，挥挥手，去去去。

公公专吃淇澳岛东澳湾古遗址的土，一天三顿，还必须是表土层和扰土层之下的第三层土，说那里头岁月叠加着岁月，人骨覆盖着人骨，有五千年积淀的精气神。十多公里两刻钟的车程。

东澳湾古遗址是红头文件的宠儿，她来挖土本质上属于盗挖或者说是偷。她没胆量再往前把车开进古遗址停车场。在距古遗址还有230米的地方，她熟悉地向右打了两把方向盘，车就悄悄消失在杂树丛中。烈日当头，车一进丛林，一阵清凉就沁人骨头。她从后备厢拿出锃亮的多功能铲子和一个装大米的白色塑料袋，又拿上太阳伞，拎一瓶矿泉水，刚走两步，包包里的手机就响了，掏出一看，头皮一炸，班主任邝靓女在手机那头吼叫她必须马上、立刻、当即来学校。她知道儿子又闯祸啦！儿子若在跟前，她一个耳光就呼啸着上去了。抬头看看被杂树林遮挡的古遗址，她不想半途而废，更不想面对邝靓女，她拨老公的手机，半天那头才接起电话，有气无力地问：又咋啦？

你儿子又闯祸啦，洗衫板、卖剩蔗、衰到贴地的姓邝的又来电话了。我刚到东澳湾，正要给阿爸挖土。

我正忙着呢。

我还不知道你又玩了一夜？

他早上上班是从酒吧直接去单位的，打过卡，混了一会儿，和办公室的人一串通，对领导说要下企业调研，便回家睡觉。他冲完凉水澡，胸前背上满是水珠，刚走到床前。他说：烦不烦，我要睡觉！

睡啥觉，成天滚红滚绿的，少给老娘吹须碌眼，我人就在古遗址。

你挖好土再去学校不是正好吗？

班主任是个啥人？现在差十三分十一点，你想叫你阿爸中午吃啥呀？二选一。

我挖土。

记着，最好再找一点人骨头。

五千年前的人骨头，那么好找吗？

我也奇怪啦，你阿爸还想吃新石器晚期的人骨头。真是吃啥补啥，我看你阿爸连脑子都快补成原始人了。

话说着，树叶一阵琵琶弹奏，兜头就是一脸水。下雨了，隐隐有雷声，天上黑云飞，海上迷蒙蒙。她撑开伞，向前跑了两步，想起什么，又回头钻进车，发动着，倒出丛林。

车从白莲菜市场停车场开出来，她扫一眼仪表盘里的时间，11：15，一个比较尴尬的时段。回公司继续参加股东会议？眼下激战正酣，离鸣金收兵尚需时间，自己回去，基本上就是坐山观虎斗。拜访客户吧，去了就是饭点，请不请吃饭？重要的大客户都是提前预约，越早越好，临时请，对方会怀疑你心不诚，请不动事小，客户不舒服事大；如是一般的小客户，这个时间点正在办公室抓耳挠腮海阔天空地琢磨抓个冤大头呢，你主动送上门不是寻着挨宰吗？花钱放屁，给苍蝇戴手套，给蚊子戴口罩，这种事她当然不干啦。何况，她如今的身份也不可能面对小客户。

她习惯性地抹把脸，想抹去邝老师带给她的晦气，脸皮紧绷得很不舒服。她想起似乎好久没有做美容了，她压制住拜访客户、约朋友，或是回公司的冲动，给蕾特恩美容院打电话。她是蕾特恩美容院的VIP客户，老板娘是娇小玲珑贵气十足的林玉秀，昵称秀秀，是她的闺蜜，可以随时安排。正好帅哥小安一刻钟后有时间，她便把方向盘往右打一把，拐上九洲大道，去拱北口岸广场。蕾特恩美容院那里有家连锁店，关键是停车方便。

当迎宾路愚园的石牌坊和玻璃楼从车窗外掠过时，手机响了，斜眼一看是老板的电话。她按下方向盘上的接听键：老板好！

土挖上了吧？不等她回答，瘦骨仙接着说，回公司。

还在吵？

嘟嘟嘟……

二

白莲小区有七个露天活动场所，最大的在73、74、75、76栋楼中间，近六百平米，75栋楼南边三十米，有棵古榕树，树冠横柯上蔽亭亭如盖，为了保护它，当初的设计者砌了一个直径九米密封的圆形石头围栏，面上镶花岗岩，圆形围栏往外十米，再建四方形的围栏，成内圆外方构思，四个角留四个出口，放射状连通多条小路。两个围栏之间，用不规则几何形的青黄赤白黑五色石板铺地，是个休闲遛弯的好地方，坐，卧，躺，倒立，均方便。榕树区外，高低搭配着数十种景观树，树与树之间错落有致地布置绿地、花丛、树墙，西边一块草坪与芭蕉树、翠竹之间，见缝插针做了一块水泥地，用绿色环氧地坪漆刷了，安装着健身房才有的太空漫步机、蹬力器、坐蹲训练器、肩关节康复器、天梯、三人扭腰器。靠中间一点，一百六十平米的地面，种着杧果树、橄榄树、佛肚树、合欢树、酒瓶树，树下蜿蜒曲折着一条用红绿地砖铺的闭合型步道，毒热的阳光下也晒不着你半根毛。再往东两步，大王椰子树、布迪椰子、霸王棕、鸡冠花树环绕出一块不规则形地盘，上面分区域精心地用鹅卵石铺成足道，健足爱好者喜欢，特别是老年人，据讲可以按摩足底反射区，走一走浑身通透舒坦，不比足底按摩店差。

秦于飞每天一大早就来到这里，在青黄赤白黑五色石板上步履蹒跚五百圈，虚拄着藤条拐杖，汗水淋漓地完成功课，然后坐在铁艺长椅上喘气，随手把藤条拐杖顺到屁股后头。他不敢靠着铁椅扶手放，怕绊倒不小心的过往行人。两年前就把孟长胜绊倒了，好在他借儿子肥仔之手送给孟长胜的蝴蝶狗狗机灵，抢先一步，把他支撑住，要不然后果不堪设想。孟长胜和他一样，是USK病后遗症患者，都是纸糊的，也拄一根拐杖，只是材质不如他的，是根不知道从什么树上随手掰下来的那种。他这根拐杖不仅有年头，也有故事，是他在红旗农场插队当兽医，跟着兽医所梁所长也是他的师傅上黄杨山采药时，专门用白藤野生藤条给爷爷制作的。梁所长要给他外婆做一根拐杖，他就学着给他爷爷也做一根，从头到尾，充满一个孙子对爷爷的孝敬。藤条做拐杖并不复杂，首先选一棵蓬勃生长的白藤条，把它弯成伞柄状，用绳子固定好，再长两年砍下来，掐头去尾，一根很好的拐杖就面世了。爷爷拄着拐杖逢人就讲这是他孙子专门给他做的。爷爷把这句话在嘴上挂了十多年，直到在殡仪馆火化炉里只剩下一口假牙。阿爸接过爷爷的拐杖，也用了十多年，阿爸用不上后，他就把它擦上核桃油，用旧报纸包好，挂到储藏室的墙上。他身体正盛，虽然挺个将军肚，走路像鸭子划水，但开半夜会，打一夜麻将还是不成问题。他还想，这辈子难得用上这根藤条拐杖了，谁想突如其来的USK病，就让他提前和藤条拐杖结下不解之缘。他不拄不行啊，不拄就站不住，就出不了门，就来不到这榕树下，走不成五色石板，也踩不了鹅卵石。他发现，走鹅卵石足道上瘾，一天不走脚就痒痒挠心。坐稳后，他拿白毛巾擦脸上的汗，他没闻到南边那把铁艺椅子上熟悉的发酸发霉的气味，透过毛巾一看，除了三个蹒跚学步的细路仔和照看他们的阿姨，孟长胜的位子上只有从天上漏下的点点树影，他解开亚麻上衣的纽扣，把胸前脊背通通擦了一遍，顿时全身一个爽。擦完汗，他转过身子，两手把白毛巾拿到铁椅背后用力一拧，哗啦啦，椅脚后面一摊水，抖一抖，一尘不染的白毛巾又围到脖子上。他迅速系好胸前的衣扣，揪揪衣襟，将袖子抻展，裤缝用手捋捋直，又十指梳子一样把有点紊乱的花白长发向后理理，再抬起头时，昔日公司大背头老总的形象就在古榕树下重现。

他和孟长胜就是USK病后在这棵古榕树下熟识的。放在以前，他进出小区都是高级轿车，锻炼身体不是高尔夫，就是保龄球，最垃圾也是桑拿房，左一个小姐，右一个靓女，双飞。和孟长胜相距十万八千里，想结识，和徒手攀登珠穆朗玛峰一样难。

他从插队的红旗农场接受再教育当了六年兽医回城后，分配到畜牧局兽医科当科员，继续发挥特长，十年后提拔成副处长，后来改制的烽烟四起，畜牧局和农业局一夜之间成了一家人，兽医科独立出来，摇身一变成企业，他的身份跟着由死面孔转换成时髦风，名片上的职务光芒万丈——秦于飞总经理。事业蒸蒸日上，家庭和睦美满，桃花四处盛开，可惜人生风光道路突然断裂，一场USK病轰地扑来，他在医院照看不幸被感染的老伴张光荣时，稀里糊涂地中了枪，比张光荣晚半年后诊断出骨坏死和肺纤维化。脚步踏空，跌到病床，严重的病情导致他无法工作，上级笑眯眯地把他拎到盘子外边。他凉凉地躺在燥热的病床上，没了权就没了钱，失去花天酒地的同时，千般美色也落叶般随风而去。无数个白天夜晚，看着点点七彩屋顶和半轮月亮的天空，听着手表的急促和情侣路外大海的涛声，想象着拱北的繁华和吉大的辉煌，他觉得死亡是人生最大的享受。他策划过N种死法：狠心地一闭眼从窗户抛个美丽的弧线，割断手腕上的尺动脉和桡动脉，驾独木舟驶向大海深处喂鱼……他还逐渐完成一百片安眠药的积累，曾自豪地对老伴说：我的命运掌握在我自己手里。

可每每到最后一刻，他的充气泵就自动断电，孙子的及时到来，让漂流在大海上两眼空洞无望的他，看到了明天的晨曦。他感激儿子，更感激儿媳，把一张五百万的定期存折郑重地交到儿媳手上。他坐在红木太师椅子上给儿子儿媳讲了他从小学就有的没有实现的宏伟愿望，说，他的希望寄托在孙子身上。还说，你们只管安心工作，孙子的培养包在我身上。他要让孙子考上北大清华，圆了他的梦。他其实也不知道自己能不能活到那一天，但他坚信自己能看到这一天。儿子肥仔正打基础的时候，他和张光荣一心扑在工作上，肥仔成了野鸭子，后来好赖捞了个大专文凭，利用关系再花点钱进了体制内，算是旱涝保收，了却了他的心病。好在孙子长得绝顶聪明，不像儿子，像他，很有他小时候的调皮捣蛋胆大妄为的风范，隔代遗传啊，当然也有三分像他妈啦。孙子刚满一岁，他就让断奶，美其名曰，让儿媳妇不能浪费大好青春年华，放心去开创自己的未来。他对肥仔说，你们前半辈子我能帮衬，后半辈子就鞭长莫及。他把孙子霸占在跟前，一睁开眼就是《唐诗三百首》，上幼儿园就把全班同学镇了。儿媳两眼放光，孝敬他轩尼诗XO。他感激生活给了他主导权利。他紧紧抓住孙子的教育权不放，即使在骨头疼得像打台风。他说今天的学校教育出来的都是凡人。但他又不敢脱离学校路上的轨道，因为他的孙子生活在人间，他的前途离不开这辆车：小学，中学，直至大学，硕士，博士。病情严重时，他每天服用一百多片药，已把人吃成药罐子。为了减轻药物对身体带来的损害，他发挥二十多年兽医的经验，一边接受针灸、推拿、药物蒸泡等理疗，一边把《黄帝内经》《本草纲目》《伤寒杂病论》《神龙本草经》《汤头歌诀》《司牧安骥集》《植物也邪恶》翻得发毛。终于，他在《香洲志》散发着腐朽香味的字里行间里寻找到了人间天堂。他一头扎进去，像当年学“毛选”一样，如饥似渴，钻研尝试。十一天后，蓬头垢面的他，带着成功的喜悦和足够一个月的食粮，让儿子开车把他接回家。他要和老伴一起享受新石器时代留给人类的宝贵遗产，用五千年的文明绞杀USK病的后遗症。他一天三顿，吃得津津有味。张光荣跟着吃了两天，肚子就胀成鼓，蹲到厕所里把脸憋成大气球也拉不出一丁点屎屎屁屁，最后还是靠医院的灌肠把肚子恢复原状。张光荣的头晃动在红木太师椅靠背上，想抬手没抬起来，苦笑着说，我的亲亲哟，我怎么就忘了你是个兽医？她单独起灶，不再跟他一个锅里搅稀稠。一次，秦于飞对她说，泡温泉是缓解骨坏死病痛最好的方法，同时还能在浮力的帮助下锻炼肌肉，防止萎缩。她半信半疑，直到医院的主任大夫说，经三年的科学攻关，已经证实这个办法有效，她才坐着207路公交，一星期两次去斗门御温泉泡温泉。

秦于飞曾把自己用土做的食品推荐给孟长胜，孟长胜摆手拒绝，说他小时候吃观音土吃怕了。孟长胜家在农村，没有珠海的医疗保险。他本想和老婆回老家了结此生，无奈老家的房子在前年的二十天的连阴雨中倒塌了，重新盖要花几十万，他盖不起，只好又回珠海。他不怕病痛，就怕被孩子抛弃。秦于飞经常送他一些治疗USK病的药，时间长了，好面子的孟长胜就拒绝他的恩惠，有时刚出门，看见他从电梯里出来，扭身又回家。秦于飞让儿子肥仔从宠物店买来一条蝴蝶犬，这种狗开朗活泼，既温顺又好养，特别黏人，与孟长胜正好互补。一天上午，他和孟长胜在榕树下聊天时，肥仔把蝴蝶犬抱来，装作是在马路边捡到的一条流浪狗，看着可怜，就抱回来了，送给阿爸玩。秦于飞说他当兽医多年，见的狗狗多了，顺势把狗送给孟长胜。他告诉孟长胜，可以用狗的身体暖身子，不比吃药差。他还帮孟长胜训练狗，好在蝴蝶犬天生高智商，第二天就全部掌握了如何给主人温暖身体，孟长胜哪块地方感到难受，一指，它就卧到那个地方；孟长胜说哪个地方不舒服，示意一下，它就奔到那里。孟长胜没吭声，它就转着按照秦于飞教的穴位，每二十分钟换一个地方。蝴蝶犬憨态十足，一咧嘴，就像一个未经世事的孩子，天使般的笑容让孟长胜跟着它一直乐。孟长胜喜欢得不得了，干脆叫蝴蝶犬儿子，大热天都抱在怀里，舍不得它离开半步。秦于飞还让肥仔和儿媳把在外面吃剩的鱼肉骨头打包回来，给孟长胜的儿子加餐。

秦于飞低头看看五色石板上从天上洒下来的点点金光，又歪头上下看看大王椰子树的树影角度，判断时间在8：15左右，他抬起手腕看看劳力士表，8：15，一分不差。孙子在学校早课已经结束，现在是大课间体育活动，离中午放学还有三个钟零一刻，届时是儿子去接还是儿媳去接？还是孙子自己走回来？

老伴张光荣已在厨房叮当叮当准备做饭的食材，午饭在家吃的人基本上就是孙子、他、老伴，饭的花样却不少，三个人三个样。孙子正长身体，追求营养。他和老伴主要是食疗，治病为主。虽是食疗，用料却判若云泥，老伴主吃地上的，他是吃地下的。此时燃气炉正冒着呼呼的蓝焰，老火靓汤在炖锅里咕嘟着沙田小调，五千年的远古气息已从蒸锅缝隙袅袅地升至抽油烟机的风口。

8：30，从三点一刻方向，悠扬传来一声汽笛，那是九洲港，有船要离开码头。他熟悉那一带就像熟悉他书房里的标本。作为畜牧局的处长，十多年前他经常去做检疫检查工作，不畏酷暑，达到废寝忘食的地步。别人捂着鼻子躲避的牲畜家禽味道，在他的嗅觉里像米饭一样香，像米酒一样醇，为此他连续十三年荣获先进劳动者奖状，2001年还获得广东省五一劳动奖章。

该回家了。9：00，是他每天开始在大白日做美梦的启航时间。从古榕树下到家里，一百米的距离，他需花费一刻钟。用老伴张光荣的笑话讲，比乌龟跑得快多了。他抬起笑脸，和古榕树挥挥手：哥们儿，明天早晨见！

右手从背后拿过藤条拐杖，在五色石板上立稳了，左手再握住铁艺长椅的扶手，两手支撑，腰部用力，颤颤地站起来，骨关节发出一串响，仿佛《金蛇狂舞》的锣鼓声起。他将双脚当鼓锣槌，拐杖当铙钹，敲击大地，用激情洋溢音乐的节奏，丈量回家旅程。

三

从度假村东的三岔口拐入情侣路，持续北上2309米，位于野狸岛对面高大的八面放光的菱形玻璃楼，就是公司所在。她的青春在这里激扬了十七年七个月零七天。那时，站在IT产业半山腰上的瘦骨仙以卓越的商业神经敏感地嗅到行业颓势的乌云已从南海海面启程，他决定孤注一掷，全面转型，但现实的股东们说他是被胜利冲昏了头脑，三两把黑墨就把他精心勾画的蓝图抹成一幅街头涂鸦。瘦骨仙骂股东们有眼无珠，股东们骂瘦骨仙狂妄自大；瘦骨仙骂股东们是群蠢猪，股东们骂瘦骨仙是泡狗屎；瘦骨仙骂股东们是堆臭鱼烂虾王八鳖，股东们骂瘦骨仙是眼镜蛇吞象要当恐龙。分歧严重得找不到补锅匠，结果是瘦骨仙被迫卖出股份另立山头。还有股东送给他一句：哥，放心走吧，如果挂了，哥们儿给你烧个姐！凭感情、直觉和信任，瘦骨仙试探她这位徒弟的意愿时，她毫不犹豫地跟着他来到当年还是两层小楼的黑暗小屋，伴着香洲码头的鱼腥、苍蝇和吃人蚊子，闭关一年四个月，推出新公司的WX系列产品，杀入市场。那时候的消费者还不认识MP3是啥玩意儿。历经六个月的试水，WX系列MP3以性价比终于赢得一部分发烧友的钟爱，直到music card，mini player依靠其优秀的音质和良好的性价比一举干掉林立的对手，成为上游芯片供应商——美国Sigmate公司一大客户，奠定了市场龙头地位。

如今，两层小楼的黑暗小屋已长成菱形玻璃楼，远远地隔着佳能、协和、华润万家、格力广场、保利投资、工商银行上百幢高楼大厦和十几条马路，她就看到了那菱形玻璃楼喷射着七色光焰，还有醒目的公司Logo。

今天的股东会议，同前两次一样，又是一个马拉松式会。在上两次会后，瘦骨仙和持不同意见的股东凌晨两点分别吃了宵夜，洗了桑拿，玩了保龄球，打了高尔夫球，但对今天能否达成一致意见，心里还是海浪奔涌。她有时候真的想不通，有些股东就是放着金光大道不走，非要在羊肠小路上攀爬。金相容说大道上车流如潮，开车的压力山大，就像深圳比珠海发展速度快，深圳人满脸焦虑，珠海人就一身舒适。负责硬件的焦亚敏说相对海天相接的博大雄浑，她更欣赏羊肠小道的旖旎风景。谢小飒唯瘦骨仙马首是瞻，她自称就是瘦骨仙的打手，十七年入心入肺的风风雨雨，就像瘦骨仙说的心照神交，唯我与子。

下午一复会，按照瘦骨仙的意思，她居高临下，万炮齐发。她说得很实际，珠海确实偏安逸，不是一个让人有饥饿感的地方，公司员工的战斗力跟深圳那边完全没法比。她说的也是事实，公司再不改变，真有那么一天会连友商的尾灯都看不到，这是一种骄傲和尊严被打碎、被践踏的疼痛感。她说这句话时，眼睛里闪出泪光，结束发言时，嗓子哽咽了。瘦骨仙都感动得如花岗岩一样棱角分明的双唇蛇形似的微微颤抖。冯葶的大鼻子像被硬灌进去一大勺芥末。金相容的脸像被激怒的眼镜蛇，眼镜圈纹呼呼地直逼谢小飒。王楠楠像是被鱼刺扎了嘴，虚弱的双唇哀伤地抖着。说完该说的，谢小飒的右耳朵扫了老板一眼，款款坐下，开始她的一心二用。会议由瘦骨仙掌控着，她视频开会，处理日常工作，公司内部的协同沟通、办公审批、文件通知、消息公告、邮件发送接收，均在钉钉软件上进行，方寸之间，尽在掌中。个人的私事，有趣的事，就用微信功能（语音、图片、视频、文字）来随意选择。与外界的沟通、文案、合同等交流，以QQ为主。下午她在会议室戴着耳机用手机开了两个视频会议，瘦骨仙只是斜着看了她几眼，没有任何表示。第一个视频会议是她发起的，下属最核心的七个人参加，内容涉及眼下公司几个关键问题的应对和未来事态的发展；第二个是被动地参加华东中心区总裁的通报，让人糟心的是在会议接近尾声时，一个部门经理大概是想表现一下自己天不怕地不怕的超人胆量，也可能是想摆出一副见多识广的姿态让人感到他是鸡群里的鹤，突然插话问她：听说你儿子长得和咱们老大一样高大帅？这种事多年来在她耳边就像在板障山里不可能听不到各种鸟叫一样，她老公也疑神疑鬼，尽管她发誓和老板的关系永远隔着两条裤子的距离，老公最后还是偷偷去医院做DNA，检测结果让自己给自己的嘴贴上封条。

三年后，和章蕾去爬山，碰上那位检测医生，医生是章蕾的表妹，一路闲聊，知道了事情的来龙去脉。晚上她憋到半夜实在憋不住了，一脚把老公从床上踹到墙边，直到老公亲自到澳门给她买回现在这辆车，才算是化解了刻骨仇恨。老公说得也没错，这是爱之切的表现。她权当视频里没有那位经理，也没听见蛤蟆叫，当即就给华东区总裁发了个微信，今天开了这个经理，还质问IQ、TQ这么低的人竟然还能在你那里混成经理？华东区总裁回复说那个人有背景。她说公司的生存发展是第一位的。华东区总裁又说他是冯副总的亲戚。她回复立马把人给我开了，他不走你就走，半小时之内她要看到结果，并用微信交代HR部长亲自跟进。

一个钉钉消息通报和两条微信与夜幕同时降临，钉钉的通报是华东区的，和HR部长微信同一个内容，她给HR部长回复了一个笑脸和加油的拳头。另一条微信是校园群的，上午的事下午没有发酵，她长出一口气。她已用短信告诉孩子她在公司开会，不能接他，晚上还是吃奶奶做的老三样，孩子那英俊的阿爸下午去横琴搞调研，鬼知道要忙到几点，她吩咐孩子直接回家，抓紧做作业。儿子答应得很爽快。她知道他才不会乖乖回家的，马路边一个挨一个售卖好吃的好玩的好用的小士多店，这能勾住他的魂，能拽住他的腿。他会和几个关系不一般的小靓女，打闹着，神侃着，集小贴纸，玩小玩具，喝奶茶，吃冰激凌，尝臭豆腐，买麻辣串，凡是家长禁止他们吃的喝的垃圾食品，他们会趁机吃饱喝足。

一路走，一路吃，一路玩，不等到白莲小区门口，晚饭的问题就自行解决了。她也知道公公已经控制不住这匹一手调养大的小马驹。7：30，她的心思已不在会议室，会议议程的火药味似乎稍有消减。她该点燃的导火索已点过，发射的炮弹早出膛，扔出的手榴弹也投掷到应该炸裂的地方。她的任务圆满完成，效果不错，局面可控。十七年的商战风雨，她早就是瘦骨仙的金粉。

2006年，公司music card，mini player时尚潮流的MP3歌声唱响全世界。瘦骨仙半夜两点叫她吃夜宵，说他担心市场地位的竞争会引发一场价格大战，刀光剑影的结果必然是尸横遍野，过早进入行业寒冬。又一次吃夜宵，瘦骨仙要放弃MP3市场领头羊的地位，调头转向互联网智能手机的研发。那时的智能手机领域还是一片虚无之地，第一代iPhone刚发布，虽是创世之作，可还有很多功能不够完善，实用性和可靠性还在初级的门口晃悠。瘦骨仙没有成功的案例借鉴，又不甘于使用山寨机方案，他没有像多普达一样选择Windows Mobile，微软是用做电脑的方式做手机，什么功能都有，就是人性化不够，操作不方便，也无美感。再加上Windows Mobile每台手机的授权费高达十几美元。瘦骨仙不想给微软打工。深圳有几个老板也想转做手机，但面对天价研发费用，最终退却了。偏执狂瘦骨仙才不会被吓住，他认准的路，哪怕前面是刀山火海，他也会闯一闯，即使是碰到南墙他也要用头把南墙撞倒。瘦骨仙又一次赌赢了。

智能手机产品上市的前一天晚上，全国五十多家专卖店全都排起长龙，有个粉丝甚至提前三天，扛着行李卷睡在店外。时至如今，华为攻势咄咄逼人摘取全球智能手机终端市场占有率第一宝座指日可待，OPPO、VIVO创新与营销并重，线上与线下齐飞，小米勤奋深耕稳扎稳打IOT玩得花样翻新，各家有各家的精彩绝伦。在增量市场向存量市场转换中，消费升级带来一波又一波市场红利，友商品牌把握机会，纷纷在中高端机领域扔出深水炸弹。瘦骨仙也想给股东们交上一份漂亮的战绩单，刚刚完成2600万台的出货量，但产品和策略对标的同城小米销量已经进入亿部级。2018年已经是刘海屏水滴屏风靡的一年，是骁龙845飞扬跋扈的一年，是实体按键销声匿迹的一年，是各家争先恐后看谁能把下巴做得更窄的一年。风风火火的市场，把瘦骨仙送到了悬崖边上，他别无选择，只能豁命狂奔，否则产品力和口碑的节节败退，让他和公司只能一起跳海。他要对品牌和产品线进行全面扩展，要扩展就需要大量资金，他想对外融资，他还想学习华为启动员工持股等一系列改变。然而，会议室里这些从无到有打拼出来的股东们对股份极为重视，瘦骨仙的提议他们无法接受。半年两次股东会，始终没形成决议。

她深情的目光缓缓从瘦骨仙脸上移开，有老板在，她的心永远平静如月。透过窗玻璃，她的心从浮在淡淡的海腥味里游荡到了海面上，去看珠海日月贝大剧院的裸眼影灯光秀。幻彩流动的光影盛宴正进行得如火如荼，泛光灯和激光投影投射，色彩、图案、声音的联动变幻，舞台灯光效果的城市化应用，巧妙混搭，完美融合，渔女、航展、长隆、帆船、赛车、音乐节、海洋元素、城市律动、珠港澳大桥，次第登场亮相。

她看到老板的眼睛也跳跃起来，偶尔把目光放到了海面上。老板坐的位子，斜对着大剧院，灯光秀的七彩光影同时在瘦骨仙的右脸上绽放。阿张怕老板晃眼，想拉上百叶窗，谢小飒用目光阻止了。她知道老板也需要调节一下。她也清楚老板的心情已由下午的澳大利亚森林大火、非洲蝗灾，演变成对面的灯光秀。20：15，南辕北辙的王楠楠泄出变轨的信息，她给出的解释是公司是自己跟着瘦骨仙一起缔造的，见证了太多的惊艳与患难，也承载了太多的不拘一格和与世无争，它曾让我们感叹科技的睿智与简单，也让我们感叹一切都抵不过时间的摧残。21：00过后，金相容的火车轨迹也发生了微妙变化，他嘴上接受部分瘦骨仙的观点，身处产业链的下游公司试图与上游供应链对抗是勇气和美德，那么把开放包容的科技公司做成层层保护的家族企业应该算得上懦弱和罪过。公司想要飞得更高，就不能把股份绑在自己手里。道理浅显，心态转变要有过程，他需要三思而行。

她给儿子发微信，儿子回复他的作业大部分已做完，只剩下语文作业。谢小飒打开123班家长群，把语文老师发的作业题转发给公公。儿子的手机只能打接电话和收发短信，她不让他下载安装其他应用软件，怕他玩游戏、看抖音、追剧。听说法国国民议会刚刚通过法律，禁止小学和初中学生在校使用手机。其实，早在2007年意大利就禁止学生在上课时使用手机，英国是2012年。希腊不仅学生不能用手机，连教师的手机都只能以教学为目的。她盼望我们国家也对少年低头族予以高度关注，让学生能从网络世界中探出头来。

一阵疲劳从她的脑海深处升起，她闻到一股辛辣的香气，看到一片黄褐色，看到鬼脸花纹，看到黄花梨龙床高大贵气，满工镂空透雕，前清皇室用品，躺上去骨头都发酥……瘦骨仙曾说过，能在这张大床上睡一觉，这辈子就值了。

飒飒！谢小飒！靓女！谢副总！老板把她从朦胧的海底打捞出水，右手举起的公道杯直冲她晃。担任会议记录的办公室靓女阿张已经从会议桌后的另一张小桌子的位子上小跑到老板身边，她是北师大表演系毕业的，已进公司两年，深得老板喜爱。她长着和她一样的桃花眼。有次阿张感冒，戴着口罩来上班，金总在楼道里，冯总在电梯上，都把她认成谢小飒。确实是，单看那水汪汪的桃花大眼，恐怕瘦骨仙也会认错人。当初阿张来公司，谢小飒就怀疑是瘦骨仙从人海中捞出来气她的。瘦骨仙说我就是想时时刻刻看到你。谢小飒说你要是早勾引我我绝对会嫁给你（她后悔结婚了）。

瘦骨仙浓眉向上一扬（那根五厘米的长寿眉就对着阿张）说：你做好会议记录就好啦。

阿张脸上明显挂不住，手端着水壶杵在那里不动。

身旁的王楠楠优雅地伸了伸那满天星的脚，在会议桌的深绿色罩布下面轻轻踢谢小飒。她扭头看到楠楠瑞凤眼的眼尾微微上翘，笑笑地导引她的目光一起流向瘦骨仙。她发现王楠楠眼角的鱼尾纹又添加了几条，脸如静水一般时看不出来，但只要瑞凤眼微微一动，就像海面无风三尺浪。这位比她大三岁的女人如今已进入“奶奶级别”，上个月她送到美国且明年有望进大学的儿子来电，她未来的儿媳给她怀上了龙孙，准备生下后送回国内让奶奶抚养。她一方面沉浸在当奶奶的喜悦中，一方面又在辅导上初三的女儿做作业，显得有心无力。她多次和谢小飒一起探讨辅导孩子做作业。她说，每晚辅导女儿做完作业，她都要在洗手间里唱三首歌，以疏解要崩溃的神经。

谢小飒的目光和瘦骨仙隔空连接。

她被老板细细的目光吊起来，急走几步，从阿张手里接过水壶。会议室里荡起一阵笑声，笼罩一整天的紧张气氛找到了泄口。私下里，有人开玩笑称她老板娘。她知道老板现在不是真的非要她给他泡茶，表面上是在摆这个谱，要这个仪式，要这种气场，实际上他肚子里的“火山”快憋不住了。他是在用转移法控制自己，要用意志的巨石把火山口封住，把岩浆压下去，哪怕把五脏六腑焚成灰。老江湖了，瘦骨仙已不是十多年前动不动就怒发冲冠、把脏话挂在嘴边的那个人了。还有她最了解瘦骨仙喝茶的习性，只有她能与瘦骨仙一样，泡茶、出汤的时机把握得精准，汤色、茶味恰到好处。她能满足他，而且必须满足并帮助他。

瘦骨仙端起金黄色二十五年生普洱冲泡的工夫茶，贪婪地品味着，火气也随茶香渐渐释放。末了，笑嘻嘻地邀请大家一起喝。众人纷纷响应，却是坐着，笑着，只动嘴，不动手，也不动腿。大家注意到老板今天的茶杯与以往不同。谢小飒是早上给老板倒第一泡工夫茶时就发现今天的会议有所不一样，平常开会时瘦骨仙喜用宋代汝窑，或是官方钦定四大名窑的茶杯，他打心眼喜欢它们，纯色、少装饰，也是暗示参会的人，想把会议开成像宋代美学一样极简。老板今天罕见地改用“斗彩鸡缸杯”喝茶，让她心头冒起一团迷雾。这个杯子也是老板的心肝，烧制于明朝成化年间，现存于世的仅十九个，四个在私人藏家手中，其余被博物馆收藏。老板用的这个是去年花了大心思才买到的，虽是刘益谦精仿制，但全世界也不过十个。

众目睽睽之下，瘦骨仙连品五杯。谢小飒再次恭敬地全神贯注地给斗彩鸡缸杯加水。会议室顶上的一个射灯“掉”进杯里，像个小月亮在旋转；反射在墙上的山水画，如涟漪在葱绿的山腰和云雾鲜花间荡漾。

瘦骨仙目光离开斗彩鸡缸杯，环视一周乐呵呵地说，今天的会议达不成一致，也充分体现了大家对公司的关心。他出人意料地表示，假如某一天股东们形成了统一意见，他会亲自负责融资工作。对于股改和员工持股的工作，他会建议由董事兼副总金相容负责。至于扩大产品线的工作由谁来负责，瘦骨仙在名字滑到嘴边时，浸润片刻，觉得还是有点发涩，故意犹豫了片刻，最后毫不客气地把它咽回肚子里。看着几个微张着嘴、眼巴巴地盯着他的股东，他自信的花蔓爬上嘴角，随着嘴角向上翘去。谁都知道这是个肥缺，他把它留住，要用它和另一个值得他交换的股东做交换。他相信，在巨大的利益诱惑面前，现在还坚定地持反对意见的两位可爱的与他共事十多年的股东最终会转向对他的支持。有这个诱饵在眼前晃悠，他可以坐等收获。他深知三项工作启动，是戴着镣铐跳舞，必将对公司的人事带来剧烈震荡，这项工作他准备由谢小飒担当。谢小飒只能接受。谢小飒是瘦骨仙的左膀右臂，两个人长在一起。瘦骨仙曾想改造她，但要改造一个女人需要一个充足的理由。有次俩人深聊，瘦骨仙长叹一口气说，真后悔当年你跟着我另立山头时我们没在一起。他没想到她会怒?道：那是我的错喽？瘦骨仙尴尬地一笑：心疼你啦！怕你不愿意啦！怕失去你啦！

宣布散会前，瘦骨仙不忘对各位股东感谢一番，最后感叹地说：我知道，在座的各位股东和我一样热爱公司。我们对公司前途和理想的追求也源于对公司的热爱。从感性层面上讲，我也不想融资，不想稀释手里的股份；或者说，我们对自己有信心，即使不用融资，也能把盘子玩大，自给自足地发展。但我不相信还会有更高的智慧，能给我们这些股东提出更加切实可行的方案；而回归到理性层面，我们都清楚，资本和市场已不会在下一个计算平台到来之前给我们苟延残喘的机会，市场和资本都是无情的鳄鱼，能够分羹共饮的，只属于在这个风口里早已支好炉灶之人。

谢小飒不听也能猜到老板最后的话：困难始终会有，但只要我们敢于向前的脚步不停止，道路就会延伸。

瘦骨仙后面还会带着不容置疑的语气说：下面我所要的是执行力，执行力，执行力。重要的话，都重复三遍了。再往下，瘦骨仙还会说的，谢小飒也早知道。瘦骨仙关于公司的两大主题，和她一起探讨过N次：一是公司继续坚持技术立业，坚持程序员至上，初心绝不动摇；二是公司要加速以多屏、内容、AI为核心的战略布局落地。曾经有股东形容瘦骨仙和小米比较，是幼儿园的小宝宝和博尔特赛跑，被瘦骨仙?得喘不过气来：小米竖起来就是要追的，博尔特的纪录就是用来打破的。

谢小飒听见肚子咕咕咕吹起小号。瘦骨仙也听见了，绷不住脸，用手点着谢小飒的鼻子呵呵大笑。其他九位股东也跟着笑起来，靓女阿张用记录本遮住嘴，细眼在本子的上方一闪一闪。

瘦骨仙借机宣布散会。

金副总手敲桌面说，今晚我请大家潇洒。谢小飒扫了瘦骨仙一眼，瘦骨仙说再找时间吧，一天的会，大家累得快歇菜啦。金副总看她，等于白看，瘦骨仙婉言谢绝了，她也不可能答应。她笑笑说，儿子秦浩刚刚发微信，还等她回去检查作业并签字呢。金副总说，我哪辈子有福分当你老公就潇洒啦，只管生，不管养！她回答说，我命苦啊，老公他们机关老是改制，顾不上家。

在去车库的电梯里，王楠楠和谢小飒说起她女儿的事。王楠楠女儿比她儿子小一岁，低一级。王楠楠上个星期告诉她，她老公笑话她，不辅导作业，母慈女孝，连搂带抱；一辅导作业，鸡飞狗跳，呜嗷乱叫。她以公司召开股东大会、需要加班为由把女儿的作业辅导交给了老公，一个星期没下来，老公的心态已接近崩溃，气得给女儿叫大哥。王楠楠在旁边幸灾乐祸：你的小情人，你的小棉袄，还可爱不？

王楠楠顺便问，你儿子近来省心了吧？谢小飒曾说，她宁愿帮钟点工拖地擦窗做家务，也不愿辅导儿子做作业。谢小飒告诉王楠楠，今天我还让邝老师收拾了一顿。她没说的是，儿子秦浩现在有了外号，叫灰太狼，是邝老师羞辱她时，一不留神从牙缝里蹦出来的。

王楠楠说她的邻居上周为了儿子的作业辅导夫妻俩吵了起来，越吵越凶，最后还动了手，丈夫一脚踹在妻子肚子上，到医院一诊断，竟然将妻子的脾脏踢裂了，需手术切除。

王楠楠的瑞凤眼黯然神伤：我宁愿带三个团队，也不愿意辅导女儿做作业。

车还没发动，瘦骨仙就把地址发了过来。

刚想到妈，老人家的电话就来了，焦急得火烧眉毛：我和你爹还有你弟你弟媳妇现在都在县医院。一大早，你爹像往常一样，骑着电动车，去地里井台上坐一会儿。回家的路上，却跟着了魔一样，光溜溜的水泥路，一个人没有，竟把电动车开进了沟里，把村里去年刚栽的槐树都撞断了。她急问我爹没事吧？妈说没死，醒着呢，右胳膊不能动，恐怕是断了，已拍了片，等结果。她让弟弟接电话，说结果一出来，第一时间告诉我。又说，要请最好的骨科医生看，先给医生和护士一人一个红包，花多花少她全出。安排完，她用支付宝给弟弟打了两万元。

回到餐桌，老板还在等她吃饭。她抱歉地笑笑。

瘦骨仙抬起眼皮看看说：又出啥事了？

她笑笑说：我就那么倒霉？

瘦骨仙说：能瞒了我？

她只好如实说了爹的事。

瘦骨仙同情地说：不是我老说你，家里屁大的事都要管，你哪有精力干大事？

她不满地说：我爹的事是屁事？

瘦骨仙摇摇手：口误，口误，纯属口误。

她耸耸鼻子，嘁了一声。

章蕾好像看见她喝完最后一口汤一样，电话追过来，要她一起去健身。她刚要答应，老板给她做了个篮球裁判叫停的动作。她捂住话筒用眼睛问，老板要她拒绝。她只好说我和老板在一起谈工作，脱不开身。章蕾说不会是在用下身谈吧？她骂了一句三八婆，挂了手机。

老板让她辛苦一趟，去酒吧街了解下事态进展，她想也没想就点点头。近些日子研发中心遭到猎头公司围剿，对方直接说，瘦骨仙给你开多少工资，我在后面直接加个零，然后还给公司股票。瘦骨仙清楚问题的严重性，好在他相信股东会议不久就会形成决议。瘦骨仙在安排HR部任部长中午就请已经动摇的视觉总设计师梁光辉和副总设计师宁志喝酒挽留时，提前泄露了股改计划。十多个小时过去了，还不见任部长汇报，说明情况不乐观。

瘦骨仙对谢小飒说：还得你御驾亲征。

谢小飒说：我这几天病着，天天吃头孢，你是想要我的命？

瘦骨仙说：你怎么越来越傻？

她说：本来就是头猪。真喝死了，还得麻烦您清明节给送朵花。

老板说：我天天给你送。玫瑰，可以吗？

又说：去看看吧。你去，我放心。

我去攻城略地，你和阿张在法式双人床上潇洒。

你瞎吃什么醋？你又不和我上床。

你敢我就敢。

嘁，鸭子嘴。十七年了，我还不知道个你？有贼心没贼胆，豁不出去的弊病不改，难成大事。她低下头，这是她的软肋。要不然，现在的秦浩就应该跟着瘦骨仙姓了。她给老公发微信，让他检查儿子的作业，认真点，有错改错，没错再在后面签名，明早老师会检查的。现在学校要求学生作业必须是父母签名，别人不能代替，没有签名或是签名人有误，邝靓女会在班级微信群里怒吼着把你骂成猪头。收起手机，她自嘲地笑笑：我家里那个儿子呀，唉，没法说。

四

古榕树往东北83米，板障山脚，当年华南板块造山运动炽热的岩浆高高腾跃，想炫技一下造座悬崖，供21世纪来自五湖四海的帅哥靓女们做攀岩运动，结果功夫没修行到家，动作不协调，有两处刹车片质量上有点瑕疵，应该是山寨的，偏软，就滑出去63米。于是，一处绝版的悬崖制造成了一个四不像。后人脑洞大开，依据《易经》，把它称为风水宝地，半弧状，像太师椅。如今太师椅里坐落着三栋点式商品楼，成品字形建制，每层三户。设计师很精明地把每户设计成广东人趋之若鹜像迷信阿弥陀佛一样的188平米，三室两厅两卫，270度采光。最靠北的33栋楼，位于品字形口的位置，2018年后叫C位，四面风景。东西北三面，推开窗户就是苍翠欲滴的板障山，有花有鸟有小溪有蓝天白云。南面，面朝大海，吉大，拱北，澳门尽收眼底，据说视线最好时能看到香港和外伶仃岛。当年楼盘预售时，畜牧兽医服务中心主任秦于飞看得如痴如醉，等不及售楼靓女介绍完，大手一挥，C位33栋楼顶楼的三户尽入囊中。刚出校门的售楼靓女没想到天上掉下这么个让人一瞬间就靓爽得要裸奔的大客户，激动得扑入秦于飞怀中号啕大哭。

在华南农业大学进修过的秦主任眼光不同常人，三套房子三个方案，西户西式，中户中式，东户中西结合。家具配置方面，他对老伴张光荣的爱好视而不见，枕边风左耳进右耳出。他揣着王世襄先生的《明式家具珍赏》，花三年时间，借到民间搜集兽医良方之名，游走晋、江、冀、陕的旧宅老屋，搜寻黄花梨、红木、乌木、鸡翅木等明清家具，只要是苏作、广作、京作的，就不惜代价运回珠海。他偏好明代家具的简练质朴，典雅大方，结构严谨，装饰适度，繁简相宜，做工精细，纹理优美，所以他和太太张光荣那套房全摆的是明代家具，儿子肥仔，喜爱高大气派，富丽堂皇，他就把雕绘满眼绚烂华丽的清代家具，摆进儿子住的屋子里。最后一套房，他将剩下的桌、柜、箱、椅、凳、几案、屏风，通通摆进去，搞成了收藏馆兼工作室，既是工作室书架上自然塞满兽医类的书，古代的、现代的、外国的，动物标本也不必说，有牛、马、羊、鸡、鸭、猪，还有鹰、孔雀，白鹭、海鸥、蟒蛇、水獭。当然青鼬、眼镜蛇、果子狸、华南豹等也是不可少的。

上山下乡断了他北大清华的梦想，在接受再教育的热潮中竟成了积极分子，三次披红戴花后，就被推荐当了农场兽医，一条崭新的人生道路从天而降。改革开放又一次提升了他的眼界，为在单位站住脚，为了出人头地，他千方百计地提高自己，时时处处谋求创新，他深知兽医和中医一样来自民间，就打了鸡血一样扎进民间去搜寻淘宝。老天爷眷顾辛劳的人，他在一个山村的老兽医家里看到一本王世襄的《明式家具珍赏》，便被这本别致的书烧得血染半边天。在老兽医的指点下，他一边深入深山老林田间地头搜集民间兽医处方，一边在古典家具的宝藏中跟着王世襄这个北京城头号大玩家廉价收购，五年时间，兽医民间秘方惊人地积累了数百个，古典家具也塞满三屋子。这时，USK病又一次改变他的命运，他被拍到沙滩上，天天晒鱼干。他内心不服老天的不公，觉得人的一生总应该完成点有意义的事情，虚度光阴临终时自己会后悔的。他有几十年的兽医工作经验和理论研究，他想在这方面做做文章。一天，他在《珠海特区报》上看到一篇介绍作家陈忠实的文章，大受感动，很受启发，便发誓要向陈忠实学习，在临死之前完成一部兽医方面的压棺之作，算是对自己搞了大半辈子兽医有个交代。他已在《中国兽医》《中国动物检疫》《兽医导刊》上零星发表过习作数篇。

下了决心就立马行动，他从储物间把装进纸箱的台式电脑搬出来，用鸡毛掸拂去灰尘，用湿纸巾把屏幕和键盘细细擦净，安装上最新版的WPS，郑重地键入《中国中兽医学概论》八个字。他的兽医学将有别于世界上所有的兽医学。在USK病后遗症的逼迫下，他从中医学中汲取了很多营养，成了一位有中国特色的兽医中的中医，他认为中医和兽医在基本知识、基本理论、基本技能上，在运用中草药和针灸对患病的人和患病的动物进行诊断、治疗的方法上，还有中草药上、方剂上一脉相承，兽医的治疗可用于中医治疗，相同的中医的治疗同样可用于兽医的治疗，他就是一个最好的完美的用兽医的方法给人治疗的典型案例。他认为自己是中兽医的研究开发诊疗最好的复合型高级学者。他的创新意识、工作能力、综合素质，一定能帮他在中国中兽医科学上拿出一部具有世界影响力的中兽医医学巨著。

他从中兽医历史入手，先完成基础理论，接着进入中兽医针灸学的研究，第三步是中兽医中草药学，中兽医方剂学，中兽医微生物学，传染病学，中草药添加剂学。

他一头扎进动物世界，和虎豹熊罴猪马牛羊蛇蛙鸟雀一起吃喝拉撒睡，一起生儿育女，一起聊天、聚会、拉家常、欢呼雀跃，为它们望、闻、问、切，忘记了日月星辰，忘记了全身疼痛。

五

公司戴着镣铐跳舞的序幕还没拉开，谢小飒已经和HR部任部长紧锣密鼓地策划，拉了十多页的主要名单，准备做大量耐心的工作，绘蓝图，谈愿景，画大饼，必要时还要软硬兼施，诱其就范。这时，谢小飒一手提拔培养起来的文创部总监刘逸威却节外生枝，他凭借卓越的才能和出色的发挥，为公司赢得用户的持续认可和赞许，各应用商店把能用、好用、喜欢用的有价值的及感动人心的好产品的技术立业朴素信仰，宣传得妇孺皆知，做到了极致。看人时喜欢看天空的瘦骨仙也情不自禁地对他竖起大拇指。刘逸威早就眼红CMO位子，想上去大展拳脚，实现抱负。年轻气盛的他见曙光露头，在没跟恩师谢小飒打招呼的情况下，半夜里就心急火燎地在微博开撕现任CMO韩青。他说韩青是头体形硕大鬃毛夸张的非洲猫科动物，将尿液排在地上，将粪涂在灌木丛上，画定领地，遇上来势汹汹的入侵者，警告并咆哮着：请勿接近，否则格杀勿论！生死攸关时刻，不惜牺牲性命来保护家园。但全球经济一体化的趋势愈演愈烈，全世界都在上演“生死时速”。在这风起云涌的激烈竞争中，公司现在需要的不是一头雄狮守地盘，而是需要一只头狼，网罗、管理、塑造、带领一支狼性十足的“狼才”团队，呼啸经济山林，出没市场草原，所过之处打得竞争对手晕头转向，溃不成军，把公司不断推向新辉煌。他还指责韩青滥用权力，任人唯亲，排斥异己，拿回扣，私定供应商，并存在偷税漏税的问题。

韩青是副总裁冯葶的亲信，俩人在同一家日本公司工作多年。冯葶受日本职场文化影响，刚加入公司时每天都是西装革履，文质彬彬，点头哈腰，说话和蔼。这些年，受本地人的影响，西装换成了短裤，短裤穿得掉到肚脐眼以下。冯葶穿着拖鞋，用胯骨挂着短裤，晃荡进谢小飒办公室。谢小飒赶紧放下手中的活，端着一脸鲜花起身迎接。以往冯副总来谢小飒办公室总喜欢先在茶台前坐下，悠闲地品品谢小飒冲泡的工夫茶，海阔天空地侃一通大山。这次他改变了习惯，手一抬，掌心冲着谢小飒，把她拒在三米之外，并且让座不坐，就要站着，指着谢小飒劈头盖脸一顿雷电交加的臭骂，连粗话都跟着口水喷出来，还说打狗也要看主人，还质问她是不是要杀鸡给猴看？却不给她说话的机会。骂完，一张红脸仍没褪色，和一股迪奥香水一起刮出门，留下双手绞在一起的谢小飒浑身发抖。在冯葶第九口唾沫星子溅到她鼻子尖时，她内心的自卫防护器谢氏九式内功啪的一声弹起，头顶悬，胸微含，就在重心中移时，脑子里的预警系统啪啪响起，她选择放松神经，放弃回击，自愿躺在棺材里，任冯葶凌辱。这时候是解决问题，不是意气用事，一切要以公司大局为重。她看着张牙舞爪的冯葶，像看不认识的长隆马戏团舞台上的小丑，她不能和他一般见识。

目送冯葶的身影在空调挂机的冷气中消失，谢小飒让秘书用清新剂给办公室消毒，自己上楼找老板。隔着厚重的木门，她从海腥味中闻到了瘦骨仙喜欢的海南沉香的香味。老板却不在办公室，打电话不接，阿张也不知道老板的去向，她死盯住阿张看了一会儿，还比较单纯的阿张看上去没撒谎。她自己也不知出于何种原因，忍不住冲阿张吼了几声。下楼回自己办公室的路上，自己都觉得莫名其妙的好笑。按照工作安排，她下面要和大数据事业部讨论补齐苹果用户生态空白，实现所有端覆盖问题。公司上个月获得了计算机视觉界的顶级竞赛——IEEE特别发起的国际大数据分析竞赛第九名，技术的精进，为公司创造更加出色的产品，赢得更多客户的青睐，提供了最佳时机。但以她眼下的心情，她怕影响讨论，在窗口看着海面游荡了片刻，让秘书通知大数据事业部长，讨论会由部长主持，她不参加了。

她在办公室里憋闷得喘不上气来，便出了菱形大厦，穿过情侣路，沿着被阵雨洒湿的海燕桥进入野狸岛，三千五百米长的休闲环岛路，应该够她舒缓了。直到屁股下面的座椅变成草坪灯，不远处的日月贝大剧院由半通透过渡到像月光一样晶莹剔透，得月舫酒楼车水马龙，回港的渔船汽笛嘈杂，她才意识到白天结束了。她又给老板打电话，还是不接。儿子已经回到家，她给公公打电话，说公司有点事她晚点回家，让他盯紧点儿子的作业。回到办公室，老板还是不接电话。平日里，老板可不这样，即使没时间接她的电话，一有空隙会马上给她回。多年来，老板从没有像今天这样，电话不接也不回，不给她提供需要的安慰，不给她当发泄的垃圾桶。她又想，一定是人机分离了。她看着玻璃窗外的七彩夜空，想了一会儿，又找到一条畅通的高速路，她拨通老公的手机，那头不带色彩的声音，终于触动她疯狂的大门开关，一阵电闪雷鸣，一通涛惊浪涌。末了，她的声音里竟然飙出哭音，说在她的生活中，三个男人最重要：第一个儿子，第二个是你，第三个是我爹。今天，我要是CEO，冯葶他敢在我面前耀武扬威？十年前，我就应该是公司的CEO了，瘦骨仙要我出任CEO，谈了好几次，那时儿子才一岁，还在吃奶。我骂他们当老板的也太狠心了吧？谁没有孩子？那是身上掉下来的肉啊，是我半条命换来的。为了儿子，为了这个家，我放弃了机会。七年前我的机会又来了，天时地利，万事俱备，多好的时机啊，儿子上了幼儿园，完全可以捋起袖子，扑下身子，大干一场。CEO是要全身心投入的，可你个衰哥又整天不着家，我得顾家还得照看儿子，我又失去了机会和挑战。公司有人说我，你儿子不是你老公的种，他这个爸是干什么吃的？我无语。我不光有你们，我还有公公婆婆，他们连自个都照顾不了，我每天除了小的，还得牵挂他们。直到嗓子冒烟，她才发觉自己吼了将近一个半钟头。她不好意思地问老公，晚饭吃了没有？那边传过来摔扑克的声音。她清楚，老公又把手机扔在了一边，让她和空气对话。

六

水牛被捆绑在特制的长方形铁架上，惊恐的目光盯着身下的铁锅里翻滚的黑浪和白气。它四条腿断了两条，失去为人类辛勤劳作的能力，只剩下做成沙茶牛肉或是萝卜焖牛腩或是牛肉丸子供人美餐的份。它反抗了几下，感到没有意义，便流着泪，静候开膛破肚。三十年前的夏天，长方形的铁架上捆绑的水牛的身前站的是获得积极分子称号的年轻兽医，年轻人身边是多次为它诊治的老所长。它是红旗农场最健壮的水牛，上个月出现单眼多视色觉异常的白内障早期症状，所长爷爷生前是个老中医，曾用米酒给人治疗白内障，效果甚佳。所长给它说他爷爷说啦，酒精是一种抗氧化剂，能阻止眼晶体细胞被氧化。他就和年轻兽医一起给它实施秘方疗法。昨天晚上，它还没吃晚饭，他们就让它空肚子喝了五罐米酒，它是第一次喝米酒，舌尖感觉很靓，肠胃也很爽，后来就咂着嘴巴，满意地睡了。半夜，它突然被叫醒，说是上级领导突击检查学大寨围海造田战况，农场领导领着大家挑灯夜战，它也加入热火朝天的围垦大军中。还没从米酒中走出来的它，摇摇晃晃，一不小心踩进一个坑里，折断了两条腿。那时集体的一头水牛比百十个人都重要，农场领导满含热泪，和同样戴着红袖章的所长，还有叫秦于飞的年轻兽医，当下就给它接好骨，上好夹板，又支起一口大铁锅，把它捆绑到铁架上，最后听兽医所长说是给它治病疗伤，采用的是他家祖传的秘方——中草药熏蒸理疗法，它单眼多视色觉异常的两只眼睛感动得滚出荔枝大的泪珠。

三十年后的夏天，长方形铁架换成红木太师椅，要进行中草药熏蒸理疗的已不再是水牛（水牛的寿命只有二十五年左右），而是当年那个年轻的兽医。

当年年轻的兽医如今的USK病患者看到已快熬成老火靓汤的中草药

在药锅里冒蒸气，就迫不及待地脱掉大裤衩，挂到藤条拐杖头上，艰难地转过身，在一串嘎巴嘎巴的声响中，缓缓坐进改制的红木太师椅里，像当年的水牛一样架在药锅上。药锅升起热气，白白的，柔柔的，暖暖的，一丝一丝，一缕一缕，摇曳着，渐渐密集浓稠，最后呼呼呼烟囱冒烟般直冲他的两瓣皮包骨头的屁股，撞得头晕眼花，急忙改变行军路线，作鸟散状，前面的部队往腿部、腹部、胸部、头部方向梯次运动，后面的沿腰椎、胳膊、颈椎循序环绕。在熏蒸中，过早进入老年状态的秦于飞飘飘欲仙，无数处苦痛都随着蒸气化入九霄。他每天都要熏蒸一个小时，全身犹如被情人香吻。他想到了华清池沐浴的杨贵妃，想到了在韩国蒸桑拿，想到了土耳其浴，还想在日本穿和服喝清酒醉醺醺地泡温泉。

药锅里的中草药是当年给水牛熏蒸时所长的原配方，每一味都来自原产地，肥仔亲自前往采购的，两天换一次药，三天加一次水，熏蒸近十年的药水如今已成“老汤”。开锅后的气体袅袅舞动，在他眼中七彩纷呈，他从中能辨别出每一味中草药：微微泛黄一出锅就一根筋地直冲云天味辛的是川芎，粉红色细腰婀娜味略苦的是丹参，乳白色体形翩翩欲仙味道愁眉苦脸的是独活，色黄一副清雅高华体态凹凸有致味甜的是黄芪，黄中有白骨感细腿味微苦的是伸筋草，白中透灰身姿曼妙味咸的是鲨鱼骨，皮黄心白力道十足味呈微咸的是水牛骨，白中洇粉仪态万方甘如蔗的是龙骨，说白不白说灰不灰味道发苦的是五千年前的人骨……

秦于飞像佛一样娴静，热气云彩般把他浮起，全身所有的细胞都被唤起来，每根汗毛都挺腰站直了，每个汗孔都张着喇叭一样的嘴巴，每个骨关节都敞开大门，每块骨头都绽放成一朵花，贪婪地吸吮着来自药锅的能让它们与苦痛拉开距离的甘甜雨露。他能听见骨头们孩子吃奶一样的天籁之音，像《彩云追月》，像《旱天雷》，像《柳浪闻莺》，粤胡、秦琴、喉管，还有洞箫、笙、木鱼，更有琵琶、二弦、三弦，五音六律，悠扬悦耳。

一个小时后，迟迟不愿挪动的秦于飞还是大声对着房顶，像当年恋爱时一样吼叫张光荣同志，赶快过来熏蒸啦。这可是人间最古老最先进最有效你老公专门配置咱们的御用良方啦，五千年前的精髓在咱们屁股底下供咱们享用的啦，要把这把老骨头尽快理疗好啦，以免误了送孙子上北大清华啦，也方便登上《中国中兽医学概论》图书首发式的对话讲台啦。他帮老伴从轮椅移到太师椅上，又动作缓慢地帮老伴把衣服脱掉，夸赞老伴的身体比前些天棒得很啦。把老伴安顿好，他的脚下已是一片汪洋。他舍不得擦去身上的汗，那里有中草药的残留。靠着藤条拐杖的帮助，他移坐到窗前的阔叶黄檀小鼓凳上，缓着气，直看老伴整个人被白色的蒸气笼罩，才把目光转向窗外，沿林间小路爬向山顶，再越过山头上青翠欲滴的树林，直达蓝天白云间。他感叹天的不测风云，人的旦夕祸福。如果不是USK病，此时此刻的他应该在二十度恒温的宽敞办公室里，坐着意大利进口的皮转椅，呼风唤雨，上天入地，要不就是去非洲大草原上看动物大迁徙，或是与王世襄老先生在天地之间共饮长江水把玩明清家具，也可能和张光荣同志一起开着四轮驱动的越野车驰骋在青藏高原或是东北的冰天雪地里。

让秦于飞最忍受不了的是每天的后半夜，倒不是像别人家那样深受臭虫蚊子袭扰，他家弥漫的浓重的中草药气息早就把讨人烦的家伙们惊出心脏病，敬而远之。天睡了，地睡了，山睡了，孙子也睡了，他却大睁眼睛醒着。老伴在睡梦中时不时情不自禁地发出疼痛的呻吟。和他一样，张光荣也一直游离在浅睡和轻睡的海滩，无法进入中睡期的海域，和深度睡眠之间更是隔着一个太平洋。每当夜深人静，他的身躯就成了富饶的甘蔗田，骨头就是甜汁美味的甘蔗，孤立无助地任凭一群又一群蔗鼠，在里头钻过来钻过去，啃吃他的206根甘蔗一样的骨头。在关节面啃，在关节囊外层食，口渴了就像在自家厨房一样钻进内层喝滑液，还在韧带半月板上飞窜乱跳，关节的辅助结构部分也无法幸免，被啃成马蜂窝。他不敢长时间站立，不敢屈膝坐着看电视，在电脑前写作超过十分钟，就得变换坐姿和双脚的位置，舒展舒展全身筋骨。

疼得忍受不住的时候，他脑袋里立马就开始敲锣打鼓，用意念跟着锵锵乙锵乙锵锵乙锵乙咚锵的旋律按摩着全身的骨头和关节，让它们在乐曲声中得以放松，让那些啃噬骨头的蔗鼠滚进大海吧。

七

秘书轻轻地呼唤，让她的玫瑰香气从马路上爬起来，又回到办公桌上。秘书告诉她老板回来了，她点点头，秘书后退着轻轻带上门。她迅速拉开抽屉，拉出包包，拿出镜子补妆，然后迈着猫步，挺着傲娇的头颅，边走边调动浑身的愤怒往脸上集中，赶到电梯口时，桃花眼里的烈火已经熊熊燃烧，满肚皮开肉绽的苦水也蓄到了喉咙口，就等着见到老板打开阀门像泄洪一样倾泻而出。

瘦骨仙正在品茶，不等她开口，两只大耳朵就呼呼地朝她扑来，怪声怪气地叫着看我怎么收拾你！嘴里念念有词，什么斯斯文文，乜鬼都闻；什么头发长长，波大无脑；什么信你一成，双目失明，信你两成，无期徒刑。谢小飒被整蒙了，她不知道做错了什么，或是她主管的部门发生了什么，惹得老板发如此大的火。好不容易调动起来的怒气、烈火，转瞬被两只大耳朵劈头盖脸一顿狂揍，溃不成军。她小心翼翼走近茶台，看看老板，大气不敢出地靠着老板坐下，尽量把笑容从眼角挤出来。瘦骨仙根本不看她，大耳朵依旧呼扇着，嘴里仍没头没脑地骂着，不会烧香得罪神，不会讲话得罪人；树大易招风，胸大多人碰。嘴里嘟嘟囔囔，又烧一壶水，专心低头冲茶，先给自己倒一杯，又从杯盘里夹起一个洗好的杯，放到谢小飒面前，斟满，烫一烫，淋到小猪头上，再斟满。然后自顾自地端起杯细品，倒第五杯时，两只大耳朵可能扇累了，呼呼的风声终于消失。谢小飒又闻到熟悉的海南沉香那种优雅香王的味道。瘦骨仙偏爱海南沉香，说它味道香而不烈，浓而不重，比越南沉香醇厚，比印尼沉香纯正，比缅甸沉香绵长。谢小飒知道沉香是历代贵族和文人雅士的最爱，就连阿拉伯王室都以焚烧沉香擦拭沉香为傲。在珠海生活久了，她发现，广东人对沉香的嗜好一点不亚于阿拉伯王室。

谢小飒从沉香中拔身出来，抬头看老板时，瘦骨仙放下杯子正要抬起头，她看到的是一张带笑面孔上又加上一张带笑面孔的瘦骨仙。她明白自己又被老板捉弄了。她骂老板你个老流氓，他骂她你个小三八，她又骂他一句去死吧你。随着娇嗔的一瞥，桃花眼里的烈火熄灭了一大半，蓄到喉咙的苦水也泄到警戒线以下。她喝茶润润嗓子。瘦骨仙又给她斟满，劝她要冷静冷静再冷静，说咱俩多少年的风雨了，我还不清楚你的脑子有没有被病毒侵袭过？你的防火墙不会被冯葶击溃的。又笑着说，这号蠢事就是给你两百万你也懒得理会。冯副总就是面子挂不住，拿你撒撒气而已。你就让他撒吧。

谢小飒能说什么呢？她只能苦笑。她从侧面静静地欣赏他，爱意十足地大胆地呼吸着他干瘦的躯体内散发出的体香。靠着这熟悉的体香，她蒙上眼睛在公司大会场也能从上千人中轻易捕捉到他。她陪他闲聊。她问他，你是真的想让冯副总来负责扩大产品线？他没回答。她听到他海浪一样的呼吸，均匀的，舒缓的，却又坚定而雄壮，她闭上眼睛，跟着这神韵，如入蓬莱之境。和他在一起，他永远是主导。她发现茶台上多了件小和尚紫砂倒流香炉。那件小猪喝水茶宠还在，仍占据着C位。她看着眼前这位被无情岁月一点一点烤煳的男人，看着映照在玻璃里一样散发着浓浓煳味的自己，无论怎么刷新，也出不来青葱年代。当年，租下两层小楼的黑暗小屋，布置老板办公室时，她觉得老板不到一平方米的茶台上有点寂寥，想起每天上班路过隔壁茶叶店从窗外看到的这小猪喝水茶宠摆件可爱又好玩，第二天她便走进茶叶店和老板娘搞价，花了三十元钱买下。老板的茶台换了三四个，越换越豪气，茶台上的茶宠也随着换了一批又一批，她好几次劝老板把小猪扔掉，说不上档次，才三十元钱。老板总是微微地笑笑，小猪依旧萌萌地在茶台上喝水。她清楚，在老板心目中，那不只是个摆件的事了，它隐藏着丰富的情感内涵，用老板的话说，我们是蓝颜知己。她喝完最后一杯茶起身离开时，情侣路上的路灯和高楼大厦的装饰灯已全部点亮，比白天多了点神秘。高大的大王椰，矮胖的棕榈树穿上了晚礼服，人行道上出来散步的人多起来，草坪上坐着一对对情侣，小朋友在大人的保护下嬉戏。站在窗口欣赏，像看风景纪录片一样让人惬意，唯一遗憾的是不像农村能看到璀璨的星空。

老板端着茶杯仔细地品着，回味着，看着她说，他朋友在格力香樟新开了一间潮州风味的私家菜馆，有几个新开发出来的菜品十分地道，提议一起去尝尝鲜。

她表示跟着他有口福，享尽天下美味，又优雅一笑，说改天吧。

第二天是星期六，在一个办公室自控灯光亮起来的时刻，刘逸威故意大大咧咧地在她办公桌对面落座，强烈的负罪感已经让帅哥的颈椎需要牵引，他目光飘忽，不时转向窗外。谢小飒怜爱地看着他，母爱的天性在胸腔跳动。她本想温柔一点，她警告着自己，谁知性感的嘴唇轻轻一分开，粗暴的唾沫给她器重的老部下洗了个脸。她不得不“挥泪斩马谡”，用牺牲刘逸威做成的十字改锥，把引发这场从山体内部暴发的海啸的导火索拆卸掉。她向深圳一家同行公司推荐了刘逸威，并亲自开车送过去。她向他保证，姐替你出气，还保证两年后，创造机会让他杀个漂亮的回马枪。三个月后，她兑现了她的第一个诺言，巧妙地借用副总裁金相容之手，隔着一座将军山和一条前山河，打得韩青满珠海找牙。韩青为公司贡献的代表作Uro10，由于市场预测偏差，把脉不准，定位模糊，价格过高，导致滞销，即使双十一购物狂欢节嘉年华砸重金促销，也没有减轻压力，近一千万台的库存搞得韩青灰头土脸。冯葶高超精湛的手艺，也无法帮其补锅。冯葶怀疑是金副总和谢小飒联手做的局，又苦无证据，只能把苍蝇吞进嘴里，还得有滋有味品尝。

这边风波刚息，猎头公司的疯狂挖脚又使菱形大楼陷入台风的风眼墙。Flyme视觉总设计师梁光辉和副总设计师宁志，要跳槽到竞争对手那里负责Color OS的设计，还要带走一百多人的团队。好在员工股票和期权激励制度在股东会上虽然没通过，但谢小飒已经按照瘦骨仙的授意暗暗启动，为她培植自己的势力，也为公司吸引和留住人才打开共赢之门。谢小飒不到三天就用3.2%的股份轻松地把猎头公司的风眼墙化作一阵暴雨，海量的雨水给菱形大楼洗过澡之后，沿着情侣路边宽敞的排水沟回归大海。度过短暂危机，她在请示瘦骨仙后，又笑嘻嘻地送总设计师梁光辉出局。在她眼里，梁光辉虽然优点突出，重感情，善交际，但工作情绪像海上的云。这种人谢小飒见多了，视工作为磨难，对享受垂涎欲滴，遇到能让他得到乐趣的地方会不惜代价，裸奔前往也在所不惜。谢小飒和HR部任部长、开发中心蒋主任权衡再三，最终精挑细选了十多个同质化比较严重的研发人员让其带走，给足了面子和里子。她给老板汇报时说，保持一定的流动性是有益的，一是为其他员工留出发展空间，二是方便继续引入新鲜血液，增强企业活力。留下的副总设计师宁志，不得不用，又绝不能重用，荣升Flyme视觉总设计师，实则明升暗降。与此同时，她配合老板，胡萝卜加大棒，稳住负责硬件的焦亚敏。负责营销的王楠楠是公司元老，此次股改稀释了她的股份，心里不舒坦，考虑到长远和市场竞争的加剧，她最终选择了与公司共存亡。之后，谢小飒和HR部任部长一起邀请中山大学、暨南大学人力资源专家，就如何将影响公司稳定性的价值观、倾向性和如何把环境作用力的引力转变为斥力进行专题研讨。

谢天谢地的是，这些天她儿子没有给她惹是生非，比她低半头的邝老师当然就没有打来一个电话，她也就不会像日本人那样鞠躬赔笑脸。忽然她感到，儿子不闹事了，她的心里反而空落落的像少了点什么。她端着咖啡，踱到办公室窗前，看着对面的蓝色玻璃大楼，大楼头顶的白云，白云飘处的山峦，山峦四周的马路，马路上的汽车，以及汽车尽头的大海，大海上的海鸟，海鸟飞向的蓝天。蓝天的白云飘向远方，远方白云下的老家，直至老家的老爹，老爹的病情已经确诊，粉碎性骨折，需要动手术。老爹血管动脉粥样硬化，小县城医院条件简陋，怕手术中发生栓塞。她给几个在蛇城工作的同学打电话，了解到蛇城五一路的二院骨科好，又让弟弟带爹去蛇城二院。二院住院部病床紧张，楼道里都塞得插不进脚。她又通过关系找到在二院当麻醉科主任的初中同学求助，第二天就把老爹安排妥当，手术定在一周后进行。她在考虑是不是应该回去一趟，她已好几年没见爹了，上次见爹还是四年前放暑假带儿子回老家。初到北方农村的儿子，看什么都新鲜，鸡，鸭，狗，猪，牛，羊，爬墙，上房，坐马车，山大王一样，领着一群农村孩子攻山头，搞得满村鸡飞狗跳。第二天天蒙蒙亮，一阵咩咩的声音把儿子从梦中叫醒，穿着小裤头，就跑出去看喜羊羊。她也在儿子作业完成的前提下，陪着看过几集动画片《喜羊羊与灰太狼》，那只有一个胖墩墩的大脑袋，头上一撮向下卷的毛，一双明亮的眼睛，两只小小的耳朵，脖子上用蓝色带子挂着金色的超能铃铛，穿着蓝白相间鞋子的小家伙，性格活泼可爱，时不时闯些祸，着实招人喜欢。她跟着爹，领着儿子，来到村后的羊圈，里面有二百多只羊。在城里没有见过羊的儿子，一下子张狂得疯了，让她扮演灰太狼，让姥爷扮演村长，跟着他玩耍的一群孩子分别扮演美羊羊、瘦羊羊、智羊羊、丽羊羊、慢羊羊、懒羊羊，然后自己混进羊群中，演了一场人羊共同应对狼的故事。第二天，儿子不知从哪里翻出姥爷的羊皮袄，反穿在身上，让其他孩子都回家也找来皮袄，像他一样穿在身上装羊。一群新羊们翻墙而入，羊群被从天降下来的陌生羊惊呆了。头羊正在一只母羊屁股后面骚情，被他打扰了好事，怒发冲冠，在脖子上的响铃急促的响声中，举着两个弯角，一头把扮喜羊羊的秦浩撞翻在地。接着往后退两步，又高高跃起，对准正要爬起的喜羊羊。秦浩哪里是头羊的对手，他倒地三次都不服气，末了终于闹出事来，自己的肚子让羊角剐出血，站在羊圈墙上看热闹的瘦羊羊吓得从墙上摔下来，瘸了腿。她气得从门后拿起一把笤帚就打，儿子风一样刮到山顶上。她朝儿子大喊，不听话明天就把你关进羊圈。晚上，姥爷给外孙讲头羊的故事。天亮后，他让外孙拿着一把盐，带着一包玉米，又来到羊圈，引诱头羊。姥爷的办法真好使，不到半天工夫，头羊和他就成了好朋友，一起照了好多张相片。他想带着头羊出来玩，头羊却不会翻墙，只会在羊圈里仰望。他不明白，羊怎么就跳不出羊圈？他问妈，妈说羊圈就是关羊的，能跳出来的羊圈还叫羊圈？他说我就能跳出来，妈问他你是羊？

放在桌子上的手机响了，她扫一眼，是章蕾的电话，不用问又是约她一起去健身房。章蕾是个健身狂，每天徒步两万步，在健身房流汗两小时。她的VIP健身卡都是跟着章蕾办的，大部分都是一年去上两三次，章蕾称她是隐身怪。最不幸的是在新香洲，办卡不到一个月，健身房老板就跑路了，她的钱也被席卷走了。她帮章蕾推荐过自己公司的数人办过卡，金副总、HR部任部长、开发中心蒋主任、宁副部长的健身卡，都是在她推荐下办的。她清楚他们不是要健身，是给她面子而已。不过，偶尔她也会在健身房碰到他们，有两次看见金副总，金副总坐在健身器械上低头看手机，直到有人问你大概还要用多久？他才抬起头，把眼睛从手机屏幕上移开，站起来换个地方，继续低头看手机。开发中心蒋主任永远是漠视健身器材旁边的提示标语，用完器材随地扔。宁副部长则是不论健身房人多人少，也无论自己身上肉多肉少，总喜欢裸。HR部任部长是她在健身房遇见最多的同事，他健起身来，不管用哪种器材，不管做什么运动，不管器材有多大重量，总能发出无比销魂的声音：啊……她想了想，眼下没有紧要事，便打开蓝牙耳机，约好时间和地点，换上休闲服，出了菱形大厦。

八

锵锵锵，秦于飞的锣鼓里最爱的就是这三声：第一声是孙子，他的心肝，他的未来，舍了自己也不能伤到他；次声是大作《中国中兽医学概论》，这是他的事业，事业需要动力，动力需要理想，理想需要奋斗，奋斗需要牺牲；第三声是自己和老伴张光荣，他们两口子没本事同年同月同日生，他却设想过要同年同月同日死。当然，前提是张光荣死在他前面，从眼前两人的生理状况看，这个希望蛮大的。至于儿子和儿媳，早不在他的视野里，只是在没有孙子消息时，在没土吃时，儿子儿媳才会从记忆的深海里冒出个泡来。他的肉体从里到外在一天天腐烂变质，死亡的苦涩味道在鼻尖萦绕，他无法阻止肉体的腐烂，腐烂是必然的，希望和胜利却是制造出来的，他就是要在腐烂的杧果树上嫁接出火龙果。好在他不缺少制造胜利的动因，这个动因就在他胸腔内，膈肌的上方，二肺之间，前后略扁，拳头大小，像个桃子，仍像在红旗农场当兽医时一样，每分钟跳69次，每次泵血69毫升，将澎湃的青春热血推入动脉，通达全身，给兄弟姐妹一样的组织们，送去充足的氧和各种营养物质，再带走代谢的终产物。他夜里失眠时会有意识地平躺在床上，看着黝黑的房顶，放松四肢，轻按在左胸前壁第五肋间隙锁骨中线内侧1—2cm处，感受心尖怦怦有力的搏动。当年他在白藤山下的兽医站里解剖过三十九种数百头牲畜家禽的心脏，他摸着自己的心脏就像摸着一头公牛的心脏。上星期这种感觉越发明显、强烈，觉得在梦里，又仿佛在半睡半醒间，又像在兽医站，翻个身子再摸，那颗心脏就在自己皮肤松弛肌肉萎缩衰老的胸腔里。他嘴角傲娇地微微上翘。六十岁的躯体，二十岁的心脏，他年轻的理想的旗帜依旧迎风飘扬。身子底下的明中期小叶紫檀曲尺罗汉床榻，也跟他一样乐得咯咯笑，板障山的丛林们和他一起咚咚锵咚锵咚锵，锵锵锵锵。

客厅的电视墙早被他一手改造成珠穆朗玛峰，峰顶上飘扬着两面鲜艳的旗帜，一面上有个大大的圆形徽章，中间是篆体"北大"，出自鲁迅先生笔下。另一面旗帜上书写着"自强不息、厚德载物"，是清华大学的校训。八个字的校训写得歪歪扭扭，一看就是小孩用力写上去的，本想写很好，关键笔画上横太平竖太直，反倒整体失衡。从左下方，也就是山坡底，斜着往右旗帜的方向攀升，一溜贴着一个笑容满面的孩子的照片，照片下面的文字从孩子一岁开始，两岁，三岁，四岁，一岁升一步，最后一张照片下面注明孩子的年龄是十岁。

秦于飞背靠沙发，全神贯注地看着电视墙上孙子的攀登珠穆朗玛峰计划，常常激动得血脉偾张，像国庆节广场上空燃放的烟花。他坚信孙子秦浩一定能登顶成功。USK病前他这样想，全身骨坏死他仍这样想。他把计划分为五个阶段，0岁到3岁为第一阶段，这个阶段关键是打基础，基础不牢，地动山摇；第二阶段是3岁到6岁，是起步阶段，不能输在起跑线上；从6岁上小学开始是第三阶段，初中是第四阶段，第五阶段是最让人煎熬的高中阶段。再过一年，孙子就要上初中了。按照住宅地域划分学区，他孙子应该上四中，他心目中最理想的初中是紫荆中学，那是珠海最古老最有名的一所中学，原来叫珠海一中，他的初中和高中时光就是在那里的荔枝树和榕树的绿荫下度过的。退而求其次，孙子也应该上桃园中学，也就是原来的珠海二中。至于其他初中，他压根儿就不考虑。沙发背后的墙上挂满卡片，从下往上分三个层次，依次是b、p、m、f、d、t、n、l，1、2、3、4、5，算是第一层次；口、月、水、火、土，口、鼻、耳、喉、目，算是第二层次；第三层次是唐诗三百首，一张张沸腾着望子成龙的一腔热血，挂在墙上。

第三面墙上是孙子的各种奖状，从幼儿园开始，年年有，只是一年比一年少，分量也一年比一年轻。去年孙子只拿了个体育奖。这让他一个月没睡好觉。他颤抖着嘴唇对嬉皮笑脸的孙子第一次喊出好我的爷爷呀！看着在沙发上打滚笑得喘不上气的孙子，他发觉自己失态了，低头看着裤裆，那里的高昂坚挺早就成了一苗枯草。等孙子笑够了，他搂在怀里摇着，压低声音说，我的好孙孙呀，只要你能上北大清华，我叫你爷爷，我甘当你的孙子。孙子睁大眼问，真的？

他不赞成儿媳的设想，孙子高中就去国外留学，他预言二十年后世界的政治经济发展中心在中国，学好中国话走遍天下都不怕。他多次在不同的场合这样讲。

客厅空地上铺着塑胶垫，上面是一套火车玩具，靠近窗户是一架塑料滑梯，那是孙子小时候的天堂，老伴多次要拆除，他都阻止了，那里是孙子的记忆，孙子的欢乐。

他老伴张光荣已经永远地坐在轮椅上了。厨房那边响起叮当声，那里是她的主要活动天地。她通过手机研究孙子最爱吃的菜品，没有比孙子爱吃，更能让她满足和快乐，有时会高兴得忘记喝药，忘记睡觉。有一次，夜里把他叫醒十次，十次重复同样的话：孙子真的爱吃，一口气吃了两大碗。第二天他去榕树下时，她又要开口说，他马上道：孙子真的爱吃，一口气吃了两大碗。

厨房剁菜的声音忽然停歇，一声破锣嗓子声嘶力竭的吼唱，像疯牛从稻田里冲上田埂，闯进他的耳道，撞击他的耳膜。

秦于飞差点翻倒在地。

每逢疼痛到极限，确定家里只剩下她一人，她亲爱的老公无福共享她的歌声时，张光荣就会这样爆发性地高歌一番。

未到高堂我又失慌啰
满身淡汗都唔干
十件衣衫湿了九件半啰
多得晒咧多谢晒咧
多得日头出热晒返干啰……

唱的是黄华欢编写的沙田民歌，声音杀猪似的。

这个声音产生于六年前，第一次响起时，他也在书房。晚上吃饭时，老伴边吃边问下午小区哪栋楼杀猪了？他说杀猪有屠宰场。老伴说她听见猪叫，那个惨呀，只能是杀猪。他说谎了，说他一下午在书房里都睁着眼，只听见鸟叫。她说她听得真真切切，就像杀猪。他说你做梦了。

猪的惨叫直刺他的心窝。

他端起浸泡在冷汗里的脑袋，拿两只锈透了的风铃似的吊在半空张着小嘴正要发出粉身碎骨的哀鸣的手，用力地睁大鸡蛋一样的双眼，两脚当锣鼓，藤条拐杖当铙钹，盯着爬在房顶箭一般移动的日光，急促地奏响锵锵锵的旋律。从张光荣口里跑出来的猪在他的激扬的锣鼓声中，很快就逃离杀猪现场，余下几片碎草屑在空中飘浮。

九

老公在电话里给她说，儿子把一个比他高一级的男同学打伤了，他手中的裁纸刀，差一毫米就把对方眼珠子放了水。

她急问：咱儿子没伤着吧？

老公说：鬼都没他精。

迟疑了一下又说：受伤男崽的母亲是市教育局的人事处处长，明令校长，竟敢在学校光天化日之下行凶动刀子的学生必须开除。邝老师说，校长也无能为力，她建议儿子转学。邝老师还说，你儿子打架不是第一次，这次事情闹得太大，没法收拾。邝老师最后说学校是教文化的，不是武术馆。

从儿子口中她了解到，儿子这次打人性质不同，是为了保护一个家在农村的受霸凌的同班同学。儿子脖子挺得像鸡公，就不认错。邝老师说，你打人就是错。你打架已经不对，动刀子就更不对了。儿子说他没刀子，压根儿就没想到要动刀子，也根本不知道刀子是怎么到他手上的，好像是有人递给他的。

她嘴唇发抖，斜了儿子一眼：我怎么就生出你这么个蠢货?

她正告儿子：你逾越了红线，必须付出代价。儿子的脖子又往直里挺了挺，说那小子霸凌过好几个同学。因为他妈是教育局领导，老师都睁一只眼闭一只眼。

她鼻子里哼了一声，扔给儿子一个看我怎么收拾你的眼神。

她从公司调来五个保安，放学时让儿子指认，挨个抓在校霸凌的几个学生。她让儿子躲在车里。五个保安围成一圈，霸凌的小学生哪见过这阵仗，两条小腿哆嗦成了风中的夹竹桃。按照要求，老老实实地把事情真相交代得明明白白，并写出在学校不再做霸凌的保证书。只有处长的儿子嘴巴硬，保安队长要上手，她举手拦住了。她围着小帅哥转了两圈，谢氏九式内功用不到三分之一，就让小帅哥冷汗如瀑，跪地求饶。高大强悍的保安们个个失色，恍惚看金庸老先生的武侠片，飞雪连天射白鹿，笑书神侠倚碧鸳，快意恩仇，亦真亦幻。

儿子惊呆的目光像用502胶水粘在母亲脸上，但心输嘴不软，说，妈你也打人，不是老师的好学生。她说我是在教育人。又说我不像你那么蠢，我会打人，法医也找不到受伤的痕迹。她从没向人透露过，儿子也不知道，小时候在老家上学，她在村里打架是很有名的，外号叫谢大侠。

第二天八点整，谢小飒拿着书面和录音证据，沿着阳光搭建的梯子，来到市教育局，笑嘻嘻地敲开人事处处长办公室的门。笑容可掬的处长接待了她，三分钟后，处长亲自给吉莲小学校长打了个电话。临别时，处长拉着她的手，左一个谢总，右一个谢总，直把她送到电梯口，直至电梯门两边并进，把她吞没。

走出教育局大门，她第一时间通知儿子马上去上学，还坚决要求儿子走着去。晚上，她推掉两个饭局和一个视频会议，在被中草药笼罩的饭桌上把事情的前因后果告诉了公公婆婆。在公公监督儿子做完作业后，她一声“灰太狼”，就让儿子身上起了一层鸡皮疙瘩，慌乱站起来回答：到！她用冰霜似的目光直接驱赶着准备在爷爷书房里过夜的儿子，像绵羊一样回到他们住的三室两厅，慌了神的秦泓跟在屁股后面。

她关上门，挪开客厅的茶几，用毛巾堵住儿子的嘴，命令他不许动。

老公想阻拦她。

他是你儿子。

我没老年痴呆。

他还小。

屁话。

饶了他这回吧。

我饶他少吗?

都是我这个当阿爸的责任没尽到。

你能替他一辈子?

他让儿子跪下来，赶紧给她认个错。

儿子傲娇的鼻子一哼，摆出动漫*OVER LORD* Ⅱ里骨傲天的pose。

老公还求她：你把他交给我，看我把他的屁股打烂如何?

她说：都十一岁啦，还用得着我忍无可忍?

秦泓无助的可怜的眼神在儿子脸上停了一会儿，后退到窗前往外看五光十色的夜。他明白此时的她已经是个生出翅膀的母老虎，他再企图阻止，不但儿子，就是他也会像十年前一样，把米粉捣成糨糊。那时夜的脚步已跨过丑时，和同科室的小靓女吃完夜宵后，一时乱性，做完爱的他，轻手轻脚地摸进卧室，转身上床时撞在墙上，墙上有温度有弹性有呼吸，他吓得惊叫一声。灯被打开，穿着睡衣的她坐在床边，看着还没来得及脱衣服的他，问他你什么时候学会不脱衣服就上床？接着突然道，是不是干了坏事？他嘴硬道：谁不敢脱衣服了？说着就脱了裤子，又脱掉T恤。刚脱到半截，他的心就掉进海里了。他看见小靓女高潮时咬他的一口就在胸前，惊恐的眼睛穿过T恤观察她一眼，迅速松手，说家里有点凉。她盯住看了一阵子，放开他说，老实交代。他无语，不知怎么嘴里就爆出你和瘦骨仙的事我也是睁一只眼闭一只眼啦。她的脸一下子铁青了，没等他反应过来，就跳起来把他教训得在地板上转陀螺。自那之后，每当她对他施展暴力，哪怕是冷暴力时，他就学会了闭嘴，不再控诉，最多就是单方通告：我们是夫妻，要互谅互爱。多年的夫妻，他清楚她心肠善良，她心里有这个家，有他，即使不是爱情，也是亲情。有时她给他发微信，他没回复，她就再给他发一个：还在忙吗？注意身体，到吃午饭时候，抽空去吃点好的，饿坏了身子，我可不答应。

珠海的夜在他眼里不再热浪滚滚，有一股严冬三九的寒意，隔着玻璃敲着他的心脏。他抱着双臂，从玻璃上看着事情的发展。

谢小飒在离儿子一米远的对面站好，头顶悬，胸微含，收尾闾，缩小腹，重心中移，左脚向左平开，宽与肩齐，两肩微沉，舌卷轻抵上腭，调身，调息，调心。

她在心里计算力道。一个基础的内伤值+发挥值=最终值，通过运气，她把巨阙提气消耗调成50%，打出来的这个伤害就是混伤了。她要给他留个磨灭不了的纪念，否则不知天高地厚的家伙永无畏惧。

她面无表情，动作徐缓，好似电影电视里的慢动作，对面的儿子像雪花，像秋叶，像云朵，飘摇，蹦跳，打滚，面无血色……

手机的彩铃声划破屋里要爆炸的紧张，放在茶几上的手机又响又振动。

她的慢动作在继续。

他说是你家老太太的电话。

她徐缓的双手依然对着儿子。

彩铃断了，但不到五秒，又叫起来。

他从茶几上拿起电话，递到太太眼前，嗓门压低八度：是你家老太太的电话。

她斜了他一眼，持续运气……

笃，笃，笃，秦泓捕捉到门外的藤条拐杖声音，立马牵住太太的视线，向门口引导。

谢小飒眉毛跳了两下，气势缓缓地走出虚无。

笃笃笃，笃笃笃。门外藤条拐杖的声音透出雨打芭蕉的焦躁。

她从老公手中接起电话。

妈，有事吗？

咋不接电话？

在帮你外孙辅导作业呢。

我还当是你又起幺蛾子了。我刚和你爹聊浩浩，想他了，就想和他说两句话。

他马上就要考试，正在做作业呢。

接个电话就考不好啦？

临阵磨枪不快也光嘛，你教我的。

让他听电话。

妈，你那宝贝最近学习上很努力，进步很大，邝老师多次当着全班的面表扬浩浩。我公公婆婆也夸他长大了。

你让他听电话！

我爹怎样？

我和我浩浩说话！

谢小飒看儿子。

泪花在儿子眼眶里亮晶晶的。

她把手机递给儿子，食指放在嘴唇上，眼里锋芒毕露。

儿子接过手机，轻轻地说：姥姥好！我刚做完作业，正要和爸爸妈妈一起唱歌呢。我唱给你听：我们是祖国的花朵，阳光下尽情唱着歌……

姥姥说：好听，好听，你爹呢？

看墙的秦泓便搂住儿子，谢小飒也凑过来，客厅里响起三人组合唱：

清晨的阳光照耀我
午后的露珠滋润我
傍晚的微风轻抚我
每一天成长都快乐

门外，笃笃笃笃声消失在夜的骚动里，斜对面的安全门响一声又关上了。

十

他挂在半山腰，气喘吁吁地拿着一条断了半截的太行牌钢锯条，在石头上挖呀挖的。他要在石头上挖出土来。石头是花岗岩材质，坚硬无比，他坚信花岗岩石头里面有土，是岩浆把他要吃的土吃了。他要叫它吐出来。半截钢锯条在锯石头的过程中，他听到了一个亲切的熟悉的特殊的声音，五千年前的声音，四十年前的声音，窗外的声音，白色的，灰白色的，淡黄白色的，淡黄棕色的，平滑，有棕色波纹，有斑点，无臭，无味，和他的生命系在一起，像磁铁一样吸住他。他累得汗如雨下，滴到石头上像弹钢琴，短、短、短、长，超强的力度，冷酷，威严，勇往直前，命运的敲门声在弦乐与单簧管的齐奏中轰然升起。

一楼103室的蝴蝶犬，也就是孟长胜的儿子，在孟长胜的怀里发现门外有可疑情况，仰头发出一声低吼把他惊醒。睁开眼，石头上的交响乐跑到了窗户的中空玻璃上，光明与欢呼热烈地在狂风暴雨中向夜发起排山倒海的冲击，雄伟壮丽地激荡在十八平米的卧室里，畅响在逶迤多彩的岭南大地，萦绕在秀丽的板障山上，回旋在古榕树上，绽放在挺拔的木棉树梢。

墙上的壁挂式空调显示室内温度三十五度，他和老伴只敢开阳台上的侧窗，而且还不敢全开，只能开半扇，他们憋闷在一世界中草药味的桑拿房里。他拿毛巾擦擦浑身的汗，从床上爬起来，然后拄着藤条拐杖，笃笃笃来到客厅。客厅的西窗户俨然一幅山水画，雨雾中的板障山顶上一簇阳光从乌云缝隙中射出，使坐在窗前看风景的张光荣像镀了一层金，颇有点菩萨的模样。频谱仪放在膝关节上，理疗中的她歪着头。

她在梦中。

他看着她皮包骨的脸，没完没了无情的病痛折磨，使她的嘴和鼻子东拉西扯不在一条中轴线上了。年轻时在他眼中西施一般的张光荣，其脸上已找不到一点点西施的遗痕。当他的目光落在她苍白的手指尖上时，像遭电击了一样。指尖上满是血迹，还未结痂，特别是左手的食指，指甲掰了半个，剩下的半个指甲缝里塞着些许碎屑，那是红木家具的包浆。他立马明白，刚才他在卧室大床上大字躺着做梦的时候，她在客厅里经历了一段常人无法忍受的撕心裂肺的疼痛。他仿佛看见她的手死死地抠进红木家具，转移来自全身骨头的疼痛。

秦于飞拄着拐杖轻轻离开张光荣，他怕扰乱了她的梦。

张光荣早就听到了笃笃笃的拐杖向她漫过来，她闭着眼睛一动没动。浑身的疼痛还在继续，她不想让老公发现，不想动，也懒得动。她晒着太阳，每一根汗毛都精神百倍地伸长，尽可能多地接收阳光，为她输送舒缓疼痛的温暖。

笃笃笃，藤条拐杖在她身后的木地板上蹒跚，向玄关外响去，接着是轻轻的开门声和关门声。笃笃笃，又是三声，开门声响起，从外面的开门声，藤条拐杖又回到木地板上，然后拐向客厅，在她的轮椅不远处暂停。她的耳朵看见藤条拐杖在空中悬着，一只手伸向她茶几上的保温水杯，水杯被拧开，美的饮水机响起出水声，小溪流水样注满了保温杯，保温水杯又回到茶几上。

阿浩上学去了？她问。

下午第一节课快下了。

唉，又淋雨了。

他拿着伞。

有伞有有用？阿浩像你，他的T恤肯定湿了。

阿浩小，火气大，一会儿自己就烘干了。

教室有空调。我担心他感冒。他穿雨鞋了？

我盯住他换上的，运动鞋装在塑料袋里，手提着。

我听见了。

她伸手端水杯，他拦住说：我刚给你加上水，有点烫。

她手摸着水杯：我皮厚肉糙。

她这才睁开眼，温馨地仰头看看。

阳光中的她明显年轻，像二十年前。她的目光四处转着。他看见她的华为手机在沙发上，她够不着，他伸长胳膊帮她拿过来。

还有啥要我帮的？

我说你再到床上睡一会儿。

我精神好极了。

你昨晚一晚没睡安宁。

比你睡得好。

后半夜你叫了好几回。

你做梦啦。

那好吧，有精神你就忙你的去吧。

藤条拐杖的笃笃声再次出门，空灵刚腾起，就被雨吞没。

窗台上落下两只漂亮的小鸟，头部和上背呈栗红色，胸部和上腹为绿色，腹部过渡成淡绿色，下背是蓝色，腰部是天蓝色，尾下覆羽是淡蓝色，肩部和两翅是小榕树叶样的绿色。她小时候见过这种鸟，她嫉妒它的靓丽，骂老天爷不公平。和老公恋爱的第二年，她和它在外伶仃岛上相逢。无所不知的秦于飞告诉她，这种鸟是中国最美的小鸟，叫蓝喉蜂虎。一只蓝喉蜂虎的嘴上叼着一只小蜻蜓，它们在分享。

张光荣看得眼眶发热，揉揉发涩的眼，低头看微信。她让阿浩建了个家园群，设置成置顶聊天。群里阿浩的信息最多，图片最多，全家围着他转。

四点刚过，她就考虑晚上的饭了。家里的早饭，孙子好赖床，起来就到上学的点了，儿子儿媳则急着上班，要么匆匆叼一口，要么拿着边走边吃，要么干脆一口不吃；午饭时间短，特别是孙子，吃完饭还想逼着眯一会儿，根本吃不好；只有晚饭全家人才有时间坐下来细嚼慢咽。她总想做孙子最爱吃也最好吃最有营养的饭。她让孙子用她的手机教她如何百度寻找和学做各种好吃有营养的菜肴，上淘宝和京东购买最好的食材。她思谋半天，拿不定主意，便坐轮椅去书房问老公。

电脑桌前没老公。转了一圈，在一群动物标本缝隙里寻到老公，正拄着拐杖坐在一头水牛前的小凳上，和水牛叽叽咕咕聊得十分投机。她问他晚上给孙子做点啥吃好？他不理她，她又问，还是置若罔闻。她把轮椅转过去，歪头看看，伸手在老公眼前晃了晃，他的眼睫毛竟然动也不动，去摸摸头也不发烧。

老公睁大眼睛在说梦话。

十一

阿张来电，说老板让她通知要开临时会议。她来到小会议室，老板还没到，大家边喝茶边闲聊，话题在辅导做作业上，也不知是谁起的话头。HR 部任部长正在说她女儿，她女儿上初三，在女儿面前她感到自己很无能。女儿懂得越多，她说服的难度就越大。上星期她辅导时，实在控制不住，打了女儿一耳光。她半夜醒来，来到女儿房间，看着女儿熟睡后还紧张的面孔，她回到卧室抱着老公哭了，要老公打她两个耳光。

研发部程主任附和说，我能研发新产品，能管理编程，能编程我自己，看着儿子做作业那种东倒西歪心不在焉的样子，我却只会生气呀，上帝给我出了一道难题，是来磨炼我的。

冯葶说他现在好了，把辅导儿子做作业的事都甩给了保姆。以前哪，只要想到儿子回家做作业，就压力山大。晚上十一二点，只有儿子上床睡觉了，他才觉得人生的朝阳升起来。

王楠楠说，我儿子上小学时，是婆婆辅导。婆婆自以为当过小学老师，辅导孙子肯定不成问题，谁知败下阵来。那年，我婆婆和我同时得了带状疱疹，疼得整夜整夜睡不着。我婆婆佛系了，最后把辅导孙子的工作全推给我公公。我公公辅导了不到半个月，气得给孙子叫爷爷，孙子竟笑纳了。

程主任又说，昨天晚上我在一楼等电梯，听见1001室隔着门传出一阵女人歇斯底里的吼叫：什么关系？什么关系？你说到底是什么关系？我以为是她老公犯事被抓了个现行。什么关系，什么关系，你说呀！正在审问。下一句却把她逗笑了，互为相反数，是个弱弱的小靓女的声音。

谢小飒跟着笑。手机响了一声，是微信，秀秀的，好多天在微信上没看到她了，以为她又和老公出国自由行了。秀秀说她好像得了恐辅症。这是一种新型的很有中国特色的因父母辅导孩子作业而产生情绪失控血压上升的疾病。有子女在校的父母八成都患有这种恐辅病。家长圈里每天都会晒出一系列病例，有父母辅导孩子前先掏出药，有妈妈辅导作业气疯遭外公降维打击，有爸爸辅导儿子气出心梗，有妈妈辅导女儿气哭外婆拿出家书等等。秀秀说她儿子一做作业就变成猴子，一会儿要喝水，一会儿肚子疼，一会儿要上厕所，或者一会儿牙疼一会儿瞌睡。你站着，他躺着，你火烧火燎，他嬉皮笑脸。秀秀说最让她崩溃的是小学一年级，有天她检查儿子的作业时，本子上竟写着：离情人节还有十一天。

开完会已是晚上九点四十。

疲惫的她拖着腿打开家门，儿子和老公在看电视。她边换鞋边问：怎么没让爷爷辅导你做作业？秦泓说：老爷子肚子不舒服，今天又在试药，可能是吃坏了。她就问儿子作业做完啦？儿子头也没回地说做完啦。她把包包扔到沙发上，问老公你签字了吗？老公说忘签了。她向儿子要作业本，要检查。儿子只好承认作业还没有做完。她说：我一会儿不管你，你就放羊！关了电视，马上做作业。儿子答应了。她进卧室换上睡衣出来，儿子还在看电视，她说你就应该一天二十四小时关在羊圈里头。听话，快做作业。儿子点着头。她进卫生间卸了妆出来，儿子还在看电视，她火了，吼起来。儿子说再看两分钟两分钟，她说你就欠你们邝老师每天收拾你。儿子说，邝老师不喜欢收拾我，喜欢收拾你。见她的脸都气紫了，老公说这个剧马上就完了，你就让他看完吧。她吼道：有你这么惯的吗？你知道他这个月考试考得怎样？他都落到了王欣欣后面，再落下去，连个好初中都没得上。老公说，你有完没完了？她狂吼，看，看，我让你们看，顺手用手机就朝电视砸去，“咣”的一声，电视机“破彩”了，两边还能看到一些，中间黑咕隆咚的。

老公傻了。儿子像只老鼠，沿墙边溜到小桌前，打开台灯做作业。

她看着报废的曲面电视机后悔了。她忘了这款最新的RGB-LED曲面电视屏幕很脆弱，像爹爱吃的威化饼。只好再买一台了，因为屏幕成本要占整机成本的三分之一，换个屏不如买个新的。

手机振动，下午开会时，手机调成静音。是妈妈的电话：丫头，今天忙坏了吧？

不忙，不忙。

往年的今天，你都会给我打个电话，今天却没等来，我就知道你很忙。你爹天一黑就催我给你打电话，告诉你，别把自己搞得太累，日子长着呢。她这才想起来，今天是妈的生日，赶紧向妈道歉。

妈说：我好着呢。丫头，你不知道咱家今天发生了啥事，我告诉你吧，你爹一大早就送我一朵玫瑰花。

妈问：他怎么样？

她回答：挺好的。

他好你就好，我上次给他打电话还说，你要是不听话，就揍你。

我是你制造的产品，你咋组装都行。

妈是怕你受委屈。咱们农村出来的，能嫁给城里人，那是前辈子修来的福分。

十二

书房里的秦于飞这些天好心情靓暴，他从网上看到他在畜牧局当副处长时的副局长的儿子当上了他母校的校长，初中和高中时享受过的绿荫一下子涌上他的心头。他记得副局长的儿子受阿爸工作影响，少年立志要当一名畜牧专家，常在畜牧局的标本室里流连忘返。秦于飞终于给他众多的标本找到了好去处，准备把这些价值数百万的标本捐赠给母校，它们在这里已经完成历史使命。他已将它们全部拍照，扫描，存入电脑，为他梦寐以求的《中国中兽医学概论》完成了图像资料的准备工作。按照他的策划，捐赠母校的同时，会为孙子提出一个小小要求，当然是在孙子中考的分数稍稍低于插尖的成绩时。两全其美的结果，他想新校长是会乐意接受的。这个交易他会秘密进行，不会让孙子知道，不会让孙子有丝毫优越感产生，会让孙子以平常心读好初中，以自己的真才实学考上一中高中部，最后实现爷爷的梦想，在北大清华升华人生。他也不会让儿媳知道，需要儿媳把孙子随时都会松懈的发条往紧拧，和年级学习课程分秒不差地叮当运行。他希望孙子学业的基础打得像机场跑道一样坚实，攀登北大清华的脚步又向前迈进一大步。孙子呀，做好冲刺准备吧，天将降大任于斯人也，必先苦其心志，劳其筋骨，饿其体肤……

当然还有他的《中国中兽医学概论》，现在正写病症诊断中的望诊部分。他写道，望诊是中兽医诊治的关键一环：中兽医对于不同动物的分泌物、排泄物或是体貌特征要进行仔细观察，在观察过程中，如果是临床经验丰富的专家可以较为快速准确地判断出人或动物的心、肝、肺等重要器官是否存在异常。望诊具体分为观形和察色两个方面：

（一）观形。中兽医观察动物常常将重点集中在皮毛、眼、鼻、行走状态等方面。通过检查患者鼻中流出的分泌物状态便能准确判断出其病症，如果患者流出的液体呈白色稀水样，则说明患者病症较轻，如果流出的液体呈黄色黏稠则说明其病症已经较为严重或者可以说是有一定的局部发炎状况；若流出的液体呈红色，基本上是无法治疗的。从患者的形态而言，中兽医通过检查患者体态的胖瘦，进而了解患者基本的营养状况，如果患者呈现出较瘦体态，则多数有着寒证以及相应的虚症，对于这种体态类型的患者就需要及时给予温补性药物治疗；如果患者呈现出较胖体态则多数有热实证，对于这种体态类型的患者就需要及时给予泻火以及清热的药物。从患者日常步态而言，中兽医通过观察患者日常步态，则能够了解患者病症，如果患者出现一定的跛行，无论是前肢还是后肢，基本上能够断定其有关节炎、关节受风或者创伤等状况。

（二）察色。

大门响了，张光荣轮椅还没进来，声音却已滚过来：老秦啊，老秦啊老秦，不得了啦！

秦于飞两手撑着桌子沿，奋力站起，转身就拿藤条拐杖。

张光荣的轮椅已冲到眼前：老秦啊，不得了啦，真的不得了啦！

秦于飞这才注意到雨不知啥时候停了，窗外的拱北、澳门洋溢着一股清新。他笑着说：看你高兴地回到了四十年前……

张光荣在老公去书房写作后，看了一会儿手机，觉得无聊，就进厨房想做点事情。她把厨柜里外翻了个遍，看到冰箱旁的白色装大米的袋子，想起那是昨天儿媳挖回来的土，就想趁机碾压过筛，拿出美的破壁机插好电，倒土时眼前一亮，两根拳头长的骨头让她瞠目结舌，这么大的两根骨头在儿媳挖回的土里！也就是说，儿媳昨天挖到了老公盼望已久的五千年前的骨头。她拿起骨头，驾着轮椅就到老公的书房。坚信这个喜悦能让老公再年轻二十岁。进门一瞬间，她怕老公受到惊吓，便控制一下自己的激动。

我刚才正给你筛儿媳挖回来的土。你猜我看见了啥？

啥？

打死我都不会相信。你老说里面有，肯定有，我从不相信。这次，我信了，我亲眼看见。

骨头？

骨头！

骨头？

对，骨头！

老天有眼，借给我五百年！

张光荣从背后拿出两根呈骨骼状黄白色的东西。

中空、关节处膨大，断面有蜂窝状小孔，秦于飞接住骨头的双手像小鸟展翅欲飞。

张光荣说：仔细点，每天来一点儿，吃半年有问题。

秦于飞说：咱们能送阿浩上北大清华啦！

他们并不知道，这两根骨头是儿媳从药店买的龙骨。

十三

夜的墨从海面慢慢洇过来，接近港珠澳大桥时，被桥上的立体光芒硬生生地拦住。

深蓝的苍穹俯瞰着五彩斑斓的珠海，板障山头上仅剩下几缕白云让海风扯得干干净净。

情侣路是条灯光的河流，蜿蜒着，双向流动，没有尽头。日月贝灯光秀盛宴气势恢宏，半个天空和半个大海都和它一起绚烂沸腾。菱形玻璃大厦喷射着七色光焰，如梦似幻。

站在办公室窗前的谢小飒，心情没窗外的夜景美妙，她感觉此刻穿透玻璃飞身往空中而去，会是一件相当绰约的行为艺术。半天时间，和同事、部下冲突了五次，让她几近崩溃。临了临了，本想到老板处找点红药水安慰安慰，没想到冯葶刚在老板办公室发完疯，余音未了，瘦骨仙坐在茶台前，眯着眼看窗外的大海，一肚子垃圾迅猛发酵，急需垃圾桶，恰好她敲门进来。瘦骨仙兜头就是一通酣畅淋漓的臭骂，无辜的她只能嘴角上翘着任由其张牙舞爪地刀砍斧斫。老板一肚子垃圾倒完了，她也想倾诉两句，可嘴刚张开，瘦骨仙就一扬手，出去出去滚出去，没心情听你八卦！她失望地退出老板办公室，回到自己办公室。坐在办公桌后面，头又疼起来，开始是后脑勺疼，打夯似的咚咚地疼，接着是太阳穴疼，针扎般铮铮地疼，再接着整个头疼，像海里的一块礁石，远洋扑过来的浪，一波接着一波，猛烈地拍打。疼得她想咆哮，想撞墙，想去纵身跳楼。她试图自我平复，就净了手，点燃从老板办公室送来的一线檀香，插到黄铜百孔香插上。然后打开华为手机里的QQ音乐，戴上蓝牙耳机，舒缓的广东音乐萦绕进她脑海。她又扭身烧水，泡乌龙茶，闻香、茶漏、茶巾、茶宠、公道杯、建盏杯，手上走程序，脑里却云山雾罩，一疏忽，刚出汤的上好的琥珀橙红茶汤，被她一仰脖子倒进嘴里，烫得蛇咬了似的跳起来。盛怒之下，中原中心主任送她的珍贵的建盏杯和地板砖响亮地亲密接触，剧烈地粉身碎骨。

一刻钟后，谢小飒的车载着她怒吼的心，从车库飞出。她打开天窗，按下车窗玻璃，在情侣路见缝插针地飙起来，接近渔女雕像拐弯处时险些追尾，在国际会展中心三岔路口又衔着黄灯过线，最惊心动魄的是在海湾大酒店前向外漂移十多米，差点把酒店的标志撞成醉汉。到了昌盛桥，她才稍稍冷静下来，把车溜进华发世纪城的商业区，趴在方向盘上发呆，最后决定不去赴约，怕自己的恶劣情绪影响朋友食欲。

她回到白莲小区，把后备厢里前天挖的一袋土交给公公，又象征性地摸摸秦浩的脸，叮嘱好好听爷爷的话好好做作业，夸奖儿子是最棒的，还说中考进年级前三名后领儿子吃大餐。秦浩模仿喜羊羊与灰太狼里面细菌大王的动作往地上一蹲，说我细菌大王就是饿晕了，也不会吃灰太狼一点东西。谢小飒忍着头疼，以灰太狼恶狠狠的搞笑表情包回复：好，我的儿啊，拜托啦，拜托啦！儿子的脸换成喜羊羊挤眉眼伸舌头调皮的表情包。婆婆的轮椅转过来，关切地问儿媳吃了吗？她说在公司吃过了。公公看她脸色不好，关心一下，喉结上下动了动，话的龙头还是没拧开，只是冲出粗重而空洞的喘气声，那是他的纤维肺在拉风箱。

谢小飒不想多待，满屋子游荡着汗馊味和中草药味，让她头疼更加剧烈，热汗已沁湿她的后背。公公和婆婆因病不能受凉，不能开空调，只有秦浩做作业的那张桌子前有一个功率不大的立式小空调，盼孙子成龙的爷爷心甘情愿地坐在旁边咬牙忍受冷气。她逃回自己家，钟点工早就打开舒适的冷气让她若有若无的汗毛集体发酥。室内的温度和她在公司的办公室一样恒定在二十二度。她喜欢的淡雅香水气息弥漫在空气中。客厅卧室的窗帘钟点工下班前都拉上了，床也像五星级酒店一样铺好，这是她的要求。客厅南向的窗帘不经意地露出一丝缝隙，拱北和吉大十多座高楼的轮廓灯被五彩光芒和隐约的城市噪音一起挤进来，屋子才显得不那么黑。仿宫廷水晶灯静静地待在空中，她懒得用它们。她手扶鞋柜，脱了高跟鞋，脚尖虚划一圈没找着拖鞋，干脆光脚蹭着柚木地板进了卧室，把包包往梳妆台上一扔，衣服也不换，就往海南黄花梨龙床上一跌，再一翻身蛤蟆一样趴着，把脸埋进夏被里。

一波一波海浪般袭来的头疼让她觉得整个脑袋要爆炸，她的嘴在夏被里哼哼唧唧地呻吟，间或钻出头来大叫几声释放一下。由于谢小飒一家和公公秦于飞一家住在隔壁，当时谢小飒将房子买在一起了。另一间房子里的秦于飞听到尖叫声，心扑通扑通地急跳。秦浩眼睛在作业本上，用后脑勺对爷爷道，刚才是我妈妈在叫唤，可能又头疼了。放下手中的笔，站起来对爷爷说，我给我妈妈倒杯冰水去。

秦浩打开床头灯，把冰水放到床头柜上。妈妈的头从夏被中拔起，说了声谢谢，又说我阿浩懂事啦。她问儿子，作业快完了吧？儿子说，就剩数学作业啦。

儿子走后，谢小飒放在清代红木床上的身子翻了个个儿，喝口冰水，又从夏被下抽出枕头，仰面朝天枕上，用双手的大拇指和食指狠狠地揪头皮。揪了一会儿，缓解疼痛的效果不明显，也没有力气，只好放弃。柜子里有治头疼的药，老公买的，她不想吃，怕吃上瘾。由药她想到了老公，此时她多想老公就在身边，用双臂抱住她，她仰面躺在他怀里。她也想妈了。为了不烂在黄土高原保守落后的泥淖里，她飞向珠海奔放活跃的大海，却远离了妈蒸的大白馍，妈炸的香酥麻花，千万年屹立的中条山，凝视黄河入海流的鹳雀楼，甜到发腻的莺莺塔，以及绿汪汪的麦田，勾人魂魄的大槐树，紫色纷呈的桐树，摇尾巴的老黄牛。她好想赖着不走，哪怕拴在妈的青丝上。妈，妈在干啥？站屋门外的台阶上，低着头用手梳拢稀疏的白发，抬头望着屋檐下的燕子窝里的小燕子不由想起一家老小，还有她这个争气的丫头。爹呢？是不是每天和晨风一起骑着电动车去铁路边看他的一亩三分地？他思谋着永远思谋不透的庄稼年景，平展无际的田野时而加重他眉梢上的孤愁，时而打开他心灵的窗户蓝天般豁亮，跟着小蜜蜂扇动翅膀，轻盈地舞动在一片片麦田和棉田。哦，爹的腿好利索了吗？弟弟和弟媳的公司应该仍像小树苗一样在春天摇曳生姿，小侄儿今年就要小升初，下学期也是初中生了。

门外响起笃笃声，在风声中夹杂着。接着听见钥匙转动，厚重的安全铁门开了，第二层木门开了，然后木门轻轻闭上，安全铁门想小声却小声不了，只是憋不住哐的一声关上。

她呼地坐起来。

一长串老鼠窸窸窣窣的声音，沿着踢脚线响过客厅，拐进儿子卧室，在灯光亮起的同时停息。她挪动下屁股，准备下床，督促要睡觉的儿子，先把牙刷了，冲个凉，再把换洗的衣裤扔进洗衣机，明天钟点工会洗的。明天穿的校服阿姨会放在儿子熟悉的老地方，这事不用她操心，她却忍不住要想。

洗手间飘过来电动牙刷的声音，接水的声音，放热水的声音，这个儿啊总算是懂事了，明年上了初中，干脆让他住校吧。

她看着天花板向在洗手间冲凉的儿子说了声晚安，愣怔片刻，又翻身拉开床头柜，找出满是外文的香奈儿薰衣草香水，喷在细雕着云龙纹的床头上，好让自己能快速进入睡眠。她又喝了一口儿子倒的冰水，软软的像一张海绵敷在蚕丝夏被里。

她合上眼睛，听一阵儿子冲凉的水声和山上风声的二重奏，睡意从远处袭来。她满意地向梦乡走去，眼前却出现多帧公司的幻灯片：暴跳的瘦骨仙，耸着狗一样大鼻子的冯葶，眨着桃花眼的阿张，勇猛却智谋不足的金相容，一根筋的焦亚敏，见人说人话的王楠楠……迷迷糊糊的，不知道刚才是在做梦还是在发癔症，风中有鸟和虫的私语，有秦浩细细的呼吸，有夜的漫长脚步。

她看看手机，时间太有耐心了，11：56。她恨不得抓住时针，把它转到晨曦里。她盯着时间，11：57，11：58，11：59，12：00，跟着时针来到第二天。

疼痛仍一波接一波袭来，她实在忍受不住爬起来，在梳妆桌的抽屉里找出一根针，模仿奶奶给她放血的疗法，一粒粒黑玫瑰骨朵依次从指尖冒出来，她觉得头疼减轻了很多。她谢谢远在天堂的奶奶，却发现自己想不起奶奶的模样。

她返回床上，侧身把夏被团成一堆，压在大腿间，把老公的枕头抱在怀里。她紧闭眼睛，头疼确实是轻了好多，想尽快入睡。

板障山的风声带着涛声，带着海鸟，带着海腥，带着迷雾，把夜的庞然身躯摇得惊天响，能听见地球旋转的嘎吱声。一楼蝴蝶犬吠叫，是不是它的主人孟长胜出事了？或是狗狗被什么惊醒了？等了半天，没听见蝴蝶犬吠叫第二声。她又想起有几天没有给蝴蝶犬带骨头和肉了，明天一定要记得带点好吃的回来。蝴蝶犬命不好，跟了个连自个儿都顾不了的主人。

众多声音中儿子的声音挤进来，臭小子在说梦话，好像是和同学吵嘴，杂乱的声音瓷片一样闪亮。她又下床过去，看见被子被踢开，轻轻上前盖好。被子发潮，能攥出水来，给钟点工发个微信，这些日子空气湿度大，每天要抽抽湿。她顺手拿起空调遥控器，打开抽湿功能开关。

十四

在中草药弥漫的世界，自己给自己做了半小时针灸的秦于飞，陶醉在电视里红线女甜脆圆润娇水红腔中蜷缩在沙发上睡着了。雷霆般的呼噜声中，他看见张光荣穿着红线女在电影《梁山伯与祝英台》里扮演的祝英台的服装，从墙上飘然而下，背后是一轮旭日，笑眯眯的双眼如水看着他。她双手捧着一颗跳动的东西，上面盖着一层绒面，他认为是颗心，却判断不出是她的或别人的，也可能是什么动物的。他知道现在的她和现在的他一样，为了对方会献出自己鲜红的心。吃啥补啥，吃心补心，他吃过多少动物的心？所以尽管四肢濒临死亡线，心脏却是早晨六七点钟从海面跳出来全身挂着水珠的太阳。他闭着眼睛，鼻尖朝上，拉匀呼吸，继续装睡。她急促的喘气声扑到他脸上，热乎乎的，刺激得汗毛直立，周身痒痒。他闻到她胴体上散发出的香味，有点像陈年的沉香木，像为他疗伤的中草药，只有他能从浓稠的三五百年的红木家具气味中把它识别出来，只有他能从上万年刺鼻的海腥味中品尝到它的绵绵酒意。十多年的USK病后生活，这股味道让他的心永远不孤独，拥有它直至变成一缕青烟。在他想方设法把五千年前的土和新石器的骨头中的巨大能量转化为他强体健身的新细胞日子里，她陪着他变着花样把五千年前的土和新石器的骨头吃成了经典。当他把网上下载的USK病病毒的照片拿给她看时，她把土和骨头捏成病毒的样子，配好调料让他蘸着吃。她也陪他吃土，吃骨头，吃了十天，单进不出，把肚子吃成了一面鼓。

她拉不下屎来，脸憋得像猴屁股。他翻出当年在农场用芒硝、大黄、巴豆、蓖麻油、老鼠肉给水牛配制的泻药，冲泡了两大碗让老伴喝下去，不到一刻钟，老伴就眼白上翻，肚子咕噜咕噜，冲击着紧密相连的肛门。肥仔吓得小长脸绿成韭菜，秦于飞看准时机，把老伴的轮椅推进洗手间，放到马桶上，然后自己迈着八字步踱回客厅，坐在明代红木四出头官帽椅上，面朝窗外观海景。大约一个小时后，厕所里传来无力的呼喊，要吃煲仔饭，要吃白切鸡，要吃鸡油捞饭，干炒河粉也很OK。第二天早餐，老伴放着儿媳专为她做的牛奶面包不吃，又要陪他吃土吃骨头。他坚拒，说你的肠胃不适合吃土，再吃下去，不到三个月就呜呼。他说我们无法决定同年同月同日生，却可以策划同年同月同日死。他们已积攒了一百片安眠药。秦于飞钻进书房五天四夜没出来，土也顾不得吃，水也顾不上喝。第六天，当太阳跃出海面万丈光芒时，他蓬头垢面地出现在张光荣的轮椅前，身后书房里的五百部古今中外医学名著包括一百本兽医书被他翻成白纸花。他手上捧着一张A4纸，上面漂亮的仿宋字如星光闪烁，记录着他立足自己三十年的兽医实践经验，结合民间搜寻的兽医秘方，参考张光荣的体检报告，配制的七套中草药食谱，一星期不重样。所用中草药，窗外的板障山、日月贝旁的野狸岛、斗门的黄杨山、机场附近的拦浪山、庇荫珠海的凤凰山、中山的五桂山，兜一圈就能采齐，几乎没有成本，只需付出时间、辛勤和汗水。采中草药的重担和挖土的任务一样，理所当然地落到了肥仔和谢小飒肩上。

于是，张光荣手下的冰箱里，除了孙子爱吃的牛肉羊肉，老公必吃的土和五千年前的人骨头，又多了她要吃的草。她把冰箱塞得满满的，备用的食材足够一个月享用。她看到电视购物上说理疗频谱仪治疗骨坏死有明显效果，就买了理疗频谱仪在家里做理疗，又看到网上说每天喝频谱水利于老年人吸收，能提高免疫力，能治愈她已纤维化的肺，就让儿子又买回一台频谱饮水机。

继续装睡的他，看清穿着祝英台的服装向他走过来的老伴，双手拿着笔记本电脑，粉红色樱桃金，年轻人喜欢的颜色。老伴爱上电脑是他的功劳。儿子儿媳上班，孙子上学，老伴只能坐着轮椅一个人寂寞地待在家里，打开窗户对着天空、板障山或是树上的鸟发呆。他意识到这个问题后，耐心地教她用电脑看视频，用iPad刷新闻，用手机玩微信。但是老年人记忆力衰退，新的沟通模式头天学会，睡一觉就忘了。第二天下楼去古榕树前，重复教授她使用的步骤，帮她下载调好客户端，让她沉浸在互联网的狂欢里。

他问她从哪来的新电脑，她微笑着不说话，伸手要看她的新电脑，她不让看，他就抢，她就撒腿跑，跑到后山上，攀爬到树上，骑着树干。他怕她摔下来，急得要上山把她领回家，要起身，发现藤条拐杖不见了。他四处找，床底下，柜底下，书柜里，就是找不见。这时门响了，有人敲，是孙子放学回来了。没了藤条拐杖的协助，他站不起来，只好狗一样爬过去，打开门，一股风随着孙子进来，把他吹得像片榕树叶飘到客厅，孙子看着他的狼狈样笑弯了腰。他睁开眼后，孙子不见了，也没有老伴，厨房传来细碎缓慢的切菜剁肉声。大白天做了一个白日梦，他让自己傻傻地愣怔了一会儿。

他有时候放飞想象的翅膀，幻想着把清醒的时间放进压缩机缩短至一顿饭，把睡梦的时间拉得长长的，像从北京到珠海的高速公路跨越千山万水才能到达。可无奈，他看到是眼睛到鼻尖的距离，真真切切地摆在脸中央。他庆幸的是，这点眼睛到鼻尖的距离，十多年过去了还不曾拉近。这和他的抗争有关，和他用兽医方法给自己治疗有关，和广东人吃啥补啥有关，和他每天吃五千年前的土和骨头有关。他不止一次想过，假如他不是兽医，他恐怕早就进入火葬炉，变成一缕青烟上天了。他很清楚，人的死亡和动物的死亡一样，都是从内脏开始的，只要内脏保护好，不死亡，不变质，生命就会阳光一样天天灿烂，大海一样充满涌动力。他用他的手像当年给牛马看病一样，隔着肚皮不仅能摸到内脏的各个部位，还能透视内脏的各个部位，还能闻到内脏的各个部位。他闻见自己的脏器像丁香花一样挥发出浓香，只是结肠有三个小息肉，小米粒大。他用手指头挨个翻开闻了闻，全是花香，不用活检，良性无疑。当年在红旗农场当兽医时，他就是凭着这种特异功能多次拿到劳模奖状的。他的眉毛向上高高扬起，自信的目光越过情侣路，闲庭信步在大海上，白云在海面上漂泊，太阳在海面上浮沉，高山峻岭在海里沉思，海鸟在高山峻岭间穿梭。

他浑身一紧，一种紧迫感从心底升起，想也不想就把一切负面的垃圾扔进下水道直至大海，让它和从陆地冲过去的泥沙一起沉到海底。他右手抓住藤条拐杖，左手撑着沙发麒麟扶手，呼地跃起，喘着粗气，踉踉跄跄地奔向书房。他大把大把地将老祖宗制造的有关猪马牛羊鸡鸭狗猫的文字，猛往脑子里塞，反刍似的咀嚼，消化，分解，吸收，让它们和理想国里的青春烈火一起燃烧。只有在这里和秦浩身上，他才能忘却骨坏死对肉体的摧残，忘却岁月的锯齿一点点将他的生命锉掉。

大鼓小鼓擂起来啦！大锣小锣敲起来啦！大铙小钹闹起来啦。

咚咚锵，咚锵咚锵，锵锵锵！

十五

瘦骨仙来电话，手机上的时间显示是凌晨两点，一声宵夜，音色华美、甘甜、清澈，像小提琴在她耳边奏响，人一下子掉进舞池，睡意荡然无存。手往床的另一半一摸，还空着。她骨碌一声下床，光脚跑进洗手间，冲过凉，精心化妆，像出席公司大型活动一样郑重其事。她知道老板这种夜宵场面经常搞得隆重豪华，信禾集团、联邦制药、丽珠集团、联基集团、松下马达、华发股份、金山软件，她和珠海好些头面人物的缘分，大都是从这夜宵的饭桌上开始的。

办公室靓女阿张也在，座位和她挨着，在她的下首。阿张第一次被老板带出来吃夜宵，见到只在电视上才能一睹风采的名人，内心欣喜若狂。她凑近耳边刚要说几句巴结的话时，眼珠子一下被谢副总戴的耳环惊爆了。大学一年级就成Logo控的阿张，铁定无法向眼前这对饰品说不。她立即控制住自己的失态，小声说：能和你们这些名人吃夜宵，真幸福！

瘦骨仙点了三个小菜，裹满鲜浓鲍鱼汁一抿就脱骨满满胶质能粘住嘴唇的凤爪，弯弯新月状自带十二道褶子透过皮就能看到里面一粒整虾，口感紧实，咀嚼起来呱唧呱唧有脆脆口感的超大虾饺皇，还有一个殿堂级的超夯粤菜烤乳猪。夜宵点菜的特点是不能一次点齐的，来了朋友再加菜，不停地加，直到吃饱喝好为止。瘦骨仙给自己点的是牛杂，每晚后半夜这个钟点新鲜牛杂到货，真正的美食家们争相挑选自己想吃的，称好后拿到厨房处理干净，即滚即煮。当一碗爽脆的牛杂熬成鲜甜滚烫的牛杂粥滑落胃肠，你便会觉得这半夜起来吃夜宵的疯狂是值得的。

谢小飒点了碗毋米粥。益健的这个粥做起来很讲究，先用凤凰山里的泉水和清远麻鸡熬成亮丽的高汤，再扔进食用油泡好的晶晶香米，小火大瓦煲精心熬制数小时，等米完全酥烂掉，用密网滤去渣，沥出粥水。这样做出来的原风味的毋米粥不知道折服了多少挑剔的味蕾。

瘦骨仙对阿张说想吃什么点什么，反而搞得小靓女无所适从。她求救的眼神挂在谢小飒脸上不下来。谢小飒本想装作没有看见，可不到三秒钟，蛇蝎心肠就化成糖水。她醋意和好意都十足地给小靓女点了个老板家乡的名吃：潮汕的神仙搭配，莲藕猪杂。

谢小飒很好这一口，这个神仙菜品她跟着老板吃了上千次，仍不过瘾：猪杂香口，粉藕糯糯，藕断丝连，先喝口汤，再将莲藕汤倒进猪杂里面，既鲜又甜，神仙境界。

谢小飒帮助老板招呼不断增添的亲朋好友，让他们根据自己的口味随意点、随便吃。瘦骨仙还在不停地打电话叫兄弟来吃消夜，在他的观念里，宵夜就是聚人气，越多越好，经常人换了好几拨，他还在打电话叫人。

谢小飒歪着头，盯住阿张，故作吃惊地问：你还没吃饱啊？

阿张说：折腾半夜，早饿了。

谢小飒抿嘴笑道：你胃口真好。

阿张这才回过味来，巴结地给谢副总夹了一段皮白如雪薄如蝉翼的梅溪肠粉。

夜宵吃成了早茶。当海面燃起的朝霞把情侣路两边高大的大王椰树的头发染成金色时，谢小飒用餐巾纸擦擦嘴，递给老板一个眼色。瘦骨仙知道她的儿子该起床了，她要伺候他上学。她习惯性地把自己和瘦骨仙眼前碟子里的肉和骨头打包了，回去放到她家楼下一楼的103室门口，孟长胜的“儿子”喜欢它，需要它。

纤手食指外弯抖着赖床萌宠的饭，前脚出了五月花滨海店没两步，天就黑成了锅，锅底突地掉了，水哗地倾倒下来。雨刷器在风挡玻璃上忙得叫苦不迭。

她对雨视而不见。她脑子里想的是她儿子，昨晚临睡前她累得睁不开眼，不知检查过签了字的作业还有没有问题，邝老师的CT让她胆寒。她想回家后利用儿子吃早餐的空隙，再把作业检查一遍。她不愿意真让邝老师搞成一泡亮丽的鸟屎。今天，公司还有一整天的会，她必须出席，其中四个会是她主持的。还有长沙旗舰店、西北中心、济南旗舰店、蛇城旗舰店的老总这两天相继来珠海，都约她私下里沟通沟通，让秘书安排一下，分别请他们吃个饭。不过要提前向瘦骨仙报告一下，唯他的意见为上，关系是关系，工作是工作，不能混淆。还有老爹手术后的情况怎样？妈近几天没来一个电话，弟弟的电话也不来一个，没工夫发个微信也是举手之劳嘛。还有合肥旗舰店、东北中心的业绩大幅下滑，本质是东北中心的老总“身在曹营心在汉”，合肥旗舰店领导班子将相不和，不能再拖了，要快刀斩乱麻。还有冯葶和王楠楠这对冤家不知为了哪方面的利益居然抱在一起，似乎有意向瘦骨仙发起挑战。她必须誓死捍卫瘦骨仙，瘦骨仙这座山倒了，她这个峰还能矗着吗？

树摇着风，风驮着雨云，在空中狂奔。遍地雨花，掀起层层浪，在马路上羊群炸窝般汹涌。车在浪尖上从吉大路荡过景山路又拐进白莲路。她忍不住瞥一眼。和手机界面一样熟悉的三角梅、古榕树、杧果树、凤凰树、罗汉松和红绿白相间的操场，还有刻着“尚善、至正”校训的花岗岩，在雨中浮沉着，这样近又那样远，那样远又这样近。

车小船一样开到白莲小区门口时，手机响了，是老公的电话。

这个让她无言无语的英俊衰哥又是彻夜未归，好在他心里还有她这个老婆。

你还没死？

嘿嘿嘿……

啥事？

嘿嘿嘿，能不能来，来……接一下我。

你在哪儿？

我给你发位置。

“哔哔”声响，位置来了：吉大派出所。

图书在版编目（CIP）数据

天鸽 / 杜斌著 . -- 北京：作家出版社，2025. 1.
-- ISBN 978-7-5212-3138-0

Ⅰ. I247.5

中国国家版本馆CIP数据核字第20240TR411号

天　鸽

作　　者：杜　斌
责任编辑：丁文梅　朱莲莲
封面设计：贾　莹
出版发行：作家出版社有限公司
社　　址：北京农展馆南里10号　　**邮　　编**：100125
电话传真：86-10-65067186（发行中心）
86-10-65004079（总编室）
E-mail:zuojia@zuojia.net.cn
http://www.zuojiachubanshe.com
印　　刷：河北星强印刷有限公司
成品尺寸：155×220
字　　数：139千
印　　张：11.25
版　　次：2025年1月第1版
印　　次：2025年1月第1次印刷
ISBN　978-7-5212-3138-0
定　　价：65. 00元